A Rising Group Of Poets

崛起的诗群

徐敬亚 题

崛起的诗群

苏历铭 主编

江苏人民出版社

图书在版编目（CIP）数据

崛起的诗群 / 苏历铭主编 . —南京：江苏人民出
版社，2018.5

ISBN 978-7-214-21947-3

Ⅰ.①崛… Ⅱ.①苏… Ⅲ.①诗学－研究－中国
Ⅳ.①I207.2

中国版本图书馆 CIP 数据核字（2018）第 088753 号

书 名	崛起的诗群	

主　　编　苏历铭
责任编辑　唐爱萍　张延安
出版发行　江苏人民出版社
地　　址　南京市湖南路1号A楼，邮编：210009
网　　址　http://www.jspph.com
制　　版　北京大观世纪文化传媒有限公司
印　　刷　天津盛辉印刷有限公司
开　　本　787毫米×1092毫米　1/32
印　　张　11.75
字　　数　90千字
版　　次　2018年5月第1版　2018年5月第1次印刷
标准书号　ISBN 978-7-214-21947-3
定　　价　68.00元

（江苏人民出版社图书凡印装错误可向承印厂调换）

目　录

序　谁教会了我们写诗

在没有被写出来之前，诗并不存在。

是我们，一个字一个字地把它们从字典里找出来，搁在了一起。那些字原来互相并不认识，有的可能见过几面，但不属于一个部门，打个招呼就过去了。是我们设了一个局，也就是在诗题下开了个临时沙龙。**当我们向天空中撒了一包神奇的粉沫儿之后，词语们忽然被点了将，只好互相欠欠身，拉拉手，拥抱，结亲，成了一家人……于是我们被称为诗人。**

我们手里那包奇怪的粉沫儿是从哪里来的？

一层层追查记忆最深处，如同检验鲜血与汗液，我们每个人应该核准一下自己的特异功能，看一看我们和别人有什么不同。

好多年前在海南，一位著名诗人瞪大了眼睛对我说："……你知道吗，我们的前世……都是些什么东西！你知道吗……"看他猛烈的表情，我的前世应该是一只老虎，至少是一只蝎子，或者是秦桧、安禄山、黑旋风……**可惜回想了多少月又多少年，我仍然没有接收到从前世传来的任何一点提示，我的前世只能是一片黑暗。**

一片黑暗中，我们出场了。

我们一定比其他的孩子更聪明吗？像弗洛依德说的，我们在吮吸中充满了欲望，摇车的机械晃动也能引发性兴奋，连窥淫欲和施虐倾向都已经产生啦……老弗甚至认为他发现了幼儿深度的心理活动，就是俄底浦斯情结，在小儿未断奶时就已产生性欲望、妒忌与憎恨——我的天啊，这还是孩子吗？那样的东西长大后个个都是普希金，个个都是李白——可惜我们不是，真不是。

我们的童年一片寂静。普通、无聊，缓慢……贫穷……闭塞……那时候，世界上似乎只分成两伙人：大人与孩子，如同自然界的成虫与幼崽。大人们哪里懂得弗洛依德先生的高深论调，他们莫名其妙地团团忙碌，甚至连看我们一眼的时间都没有。陪我们长大的，只有天上缓慢的太阳和地上无边的荒草，还有百无聊赖的同伴与游戏。或许，我们是自由放养式教育的最后一代或最后几代。或许，那种天然的、原始的生态，使我们从大自然接收到了很多莫名的信号，也向四周散发过无数的生命信息。或许那是我们和诗之间最早的通话。正如黑夜对应白昼，一个人受到的恩赐与受到的打击几乎相等。而那些恶劣的记忆，至少有一半来自威严的学校和声色俱厉的老师。那些被精心挑选的课本，不是在打开内心，而是在窒息灵魂。那些僵硬而可怕的文字对于诗的意义，恰恰是向我们提供了一种反面的视角，它让我们躲在魔鬼的背影中悄悄地偷窥着，想象着上帝之光。

> 一般说，我们都或多或少，
>
> 这里或那里，学一点东西，
>
> 因此，感谢上帝，我们都能
>
> 炫耀一下自己的教育。
>
> ——普希金《欧根·奥涅金》（查良铮译）1954年版

这是普希金对我们的提醒：除了学校的途径，一个人鸡零狗碎的知识来源其实毫无规律。鬼知道我们怎样学会了全部汉语，又支离破碎地大致懂得了历史与整个地球，还学会了人世间那些随机应变的眼色与表情……总之，到了上大学的年龄时我们已经像模像样地成了一个标准的人。所缺少的，只是没有写诗。

最早震撼我的，是遥远的普希金。

1967年夏，正值长春武斗高峰。所有主要街道沿街一侧的大楼门窗均被砌满了砖石。而那时却是我无尽的逍遥日子。大字报、传单和震耳欲聋的高音喇叭，成为我最初的文学启蒙。它们每天都似乎在对一名失了学的中学生进行文学与绘画的培训。在一个偶然的机会中，遥远的诗出现了。

在帮助一位表姐搬家时，我意外地发现了它们：《普希金抒情诗》上下册，还有他的长诗《欧根·奥涅金》（现译《叶甫盖尼·奥涅金》）。那位东北师大中文系毕业的表姐夫，是我亲属中唯一的大学生。在那么多书中，我一眼就盯上了普希金。"文革"前我曾担任过俄语课代表呀，在东北师大附中时老师曾用俄语朗诵过普希金的诗呀……最初的阅读，不仅是美妙的，甚至是懵懂的。我不知道那些仿佛从天而降的诗和我头脑里的红色浆糊发生过怎样剧烈的冲撞，总之我大段大段地抄写过它们。今天，当我拿出当年的抄诗笔记，仍然能清晰地回想起它们在我心中最初的、软软的划痕。那些朴素、诙谐，而又有些忧郁的普希金诗句，轻易地打动了一个整天伏在小桌子上自我摆弄的孩子。那些我一笔一画抄下来的诗句，已经过去了整整50年，仍然在小本子上如同昨天一样。抄的人一变再变，它们仍然个个年轻。

用什么办法，能够找回到从前的我们，像从电脑里把上一次忘记存盘的文件恢复出来？

如果可以，每个人在上大学之前，都要把自己狠狠地进行一次备份，保留下那些情感、知识、记忆、判断等一切认知能力，然后与大学毕业后评估比对，一一对证。

在我报考它的那个年代，这所最早名为东北行政学院的大学并不以中文系作为自己的骄傲。那时它的名声主要来自于"文革"前便已闻名全国的法律、考古以及核物理专业。诗歌成为吉林大学的风气与传统，始于上世纪七八十年代。

大学是什么？作为一个综合架构，它类似一个部落，甚至一个小型王国，或者说是一个众多星球而形成的引力气场。它是人类精神财富的传接之地，在这个意义上它无可比拟、无可替代。一个接受过高等教育的人，在连续四年的大学生活里所接纳的，绝不仅仅是知识。上过大学的人，之所以站上了另一个新的高台阶，是因为**他打开了两种东西：一个是眼界，另一个是情怀。眼界，是精神的视野，有高度，还有宽度；情怀，是精神的质量，也可以说是纯度，是力度与深度。而我们当初报考的专业至多是情怀上的一枚纽扣。**

记忆里的大学是什么？是一座校门、一座大楼、一间教室、一套桌椅、一枚过了时的校徽，再加上一个站在讲台上絮絮不止的教师吗？从时间的意义上，甚至可以残酷地说，所有的大学更是一段固定的时间跨度。它毫不留情地占用了一个年轻人漫长的四年。即便不在大学注册，一个高中生在十六个季节轮回里也会长大成人。而今天，所有的专业知识都可自学。一个在大学之外的人，如果整整四年严于自律，其专业知识量可能比在大学里被各种莫名课程辗压的大学生还要多得多。但是自学者永远不会感受到无数人聚在一起那种知识传播时溅起的内心狂欢的汁液……不会感受到同样的知识在不同人心中产生的印证、疑惑、争执等一系列化学反应，还有那种浸润、渗透的滋味——我是说，同学之间相互启发、相互影响、相互激活，可能是大学中最令人神往的狂犬感染与精神收藏。

还没有脱离叛逆期边缘的大学生，总有一种怪癖。他们对讲台上的教师更多的不是敬佩，而是挑剔与不屑。学生间的公开嘲弄几乎成为大学教师的独特待遇。他们的所谓知识，不过是跑道上前几轮发枪后的小小结果。用不了几节课，聪明的学生们便把教师看个一干二净而门儿清。那些令人困倦的讲授，要么变成了台下嗡嗡的絮语，要么变成教室里死一样沉寂的忽略与埋头。这种情况有点像被撤职后的无能首长，除了教科书中那点可怜知识外，呆头呆脑的教师在学生心目中不值一文。相反，苛刻的学生们对同类的态度却几乎相反。他们真心佩服，或者表面嫉恨却暗地里追随、模仿的，一定是同班中最显著的那个人。那样的人，其精神能量必定大大高于平庸的师长。但部分原因是那些天之骄子总是受到了额外的宠爱。他身上的一切缺点往往被忽略，而全部优点则大放光芒。在以应付学分甚至逃课为荣的中国大学里，一个人在同班、同寝室的优秀人物身上所获得的精神力量，往往大大超过授课教师。**因此可以说，大学就是你与好多个你自己同场竞技、互染。没有比一群志同道合者的突然汇聚更令人兴奋。没有比大学中同辈人之间的感染更集中、更显著、更令人记忆长久。那种同行者之间的精神涟漪在同一个频道里迴环、激荡，所提升的是人的灵魂。那是人与人之间纯粹智慧的、纯粹脑力、纯粹性格之间的对比，是熏陶、碰撞、激活，这些对一个个正在飞速成长变化的人来说，是多么神圣。**在上世纪七八十年代之交的我的大学时光中，正是这些整体精神指数超过我的老师数倍的普通学生，给了我于教科书之外多少倍的精神营养和灵魂的力量。

诗，在互相激荡的人群中登场了。还有必要考证第一个波浪、

第二个波浪是怎样涌起吗？你突然看了我一眼也能产生波浪，你扔过来的纸条也相当于扔过来一条波浪。更何况，当年整个国家也是一阵波浪连着一阵波浪。

《赤子心》的出现，并非地缘性的历史传承。它们与吉林历史上几代诗人并没有直接的继承关系。被屏蔽多年的文学社团在上世纪七十年代末在中国的兴起，更多的是时间轴线上共时性思潮的产物。之后，《北极星》数度中兴，以更长的动转周期，延续了吉大诗歌于八九十年代在中国高等院校的领先地位。再之后，是《朔风》文学社、《荒岛》诗社……说到这里，我忽然感到前面有一棵大树迎面而来。一个离"谁教会我们写诗"这一命题最近的人出现了**——公木先生，对于吉大或者说吉林诗歌，他都是一位不可替代的艺术导师与精神领袖。**

作为来自京城、甚至来自延安的贬谪诗人，公木先生跌落到吉林的整整 40 年间，对于当地文化的影响甚至可以用无可估量来形容。之所以没法估量，是因为我们缺少对这种影响进行估量的具体标准与量化，即如何测量一位文豪究竟能向外界放射出怎样不可替代的光芒。这一点，千余年前的海南岛倒是有明确量化的一次文化例证：大宋绍圣四年，时年 62 岁的大文豪苏东坡谪居海南昌化三年，其间设"载酒堂"讲学。**果然，历史的疗效竟然那么快地显现**——其弟子姜唐佐成为海南第一位举人，而昌化军人符确也在苏离琼翌年考中进士，从此结束了海南五百年无举人更无进士的历史。这不是巧合，是启蒙。我相信，苏东坡给予海南的，绝不仅仅是一些四书五经的章节与句逗，他向这个岛屿吹了一口雄壮之风，让海南人亲眼见识了大文人的胸怀与气度。他的涵养，他的性格，他对天地万物的感悟，是海南见所未见，更是经史子集无法传递。只有这样不同凡响的鲜活人物出现在人群中，偏辟的孤岛之地才能茅塞顿开。那是一种超越平凡人的眼界，也是一种超越常规范畴的情怀。与此相似的是，在吉林大学，公木先生成为诗歌的旗帜与象征。他固然并未一一教会我们写诗，但这位被流放的超级文豪一定暗中放大了这个学校、这个省的某些文化格局。作为教师、校长、顾问，他选择性地亲笔书写的《赤子心》诗刊三个字，同样暗中契合了吉林大学的诗风——像这块地球上知名的广阔平原一样，近40年来大东北地理区域内，逐渐形成了一种豪放、坦荡、率性、调侃的诗风。吉林大学从《赤子心》到《北极星》，都基本沿袭了这种赤子之心的诗意传统……与江南的琐细缠绵不同，东北诗人大刀阔斧、语词简约；与四川的瑰丽神秘不同，东北诗人思维清晰、诗意率性；与北京的理性与装点不同，东北诗人诗性乖戾俏侃，其中口语一支，甚至足可视为开了中国九十年代口语诗的先河。人们也许至今也无法解释，上世纪七八十年代以吉大为首，辽大、黑大、辽师、东北师大等一并形成了一次东北大学生诗歌的大爆发。如果与同时期并且同属于苍凉而乡土之列的大西北相比，史上素来缺少文化的东三省忽然不约而同地产生了诗歌大文化，涌现出诸多高校诗歌社团与大学生诗人阵列。应该进一步研究，这些东北人为什么大致都写这样的诗，连《赤子心》《北极星》的名字都暗含率真、向往与明确。

作为课程表和教学大纲意义上的大学，对于诗歌来说一天也没有教导我们。不管是极大的大学还是极小的大学，几乎所有的中文系，都是一边怀着无限敬仰地讲述着李白，一边用严酷的学分与规章将身边的李白形同软禁。所幸的是，那些过于简单的课程和泄密一样划定的复习范围，总是可以被我们用极短的时间攻城略地，从而使中文系成为大把大把储存光阴的悠闲专业。我们偷情般写出来的诗，不过是一个偷偷劫持了时间并常常遭人白眼的家伙。

很奇怪，从答应苏历铭写这篇序的那一刻起，不知为什么我一而再再而三地想到松花江。我感到这本书中所有的人物都像东北大地精心收集起来的水滴一样，化做江水，先向西，再向东，后向北流去，一直流向苏历铭那个佳木斯人的方向，也流向和他名字连在一起的包临轩那个安达人的大兴安岭方向……因此，在本文结尾时我忍不住特别想说一下这条江。

松花江的名字很美，似有诗意。但历史上它原来的名字几乎和"狗剩"相似：隋时，人们叫它作难河，唐称那水，辽金叫鸭子河。直到金、元时代，松花江这个名字才大致出现。说大致，是因为那时它叫"宋瓦江"（我猜是从女真语，即满语的"松啊察里乌拉"，汉译"天河"简化而来），一直到明朝的宣德年间才按谐音将宋瓦江改称松花江。足见诗意常常莫名产生，如同江河千回百转，如同我们煞有介事地被称为诗人。

别小看了松花江。它不仅年均径流量超黄河，其流域面积超珠江，且长度也略大于珠江。因此，它可称是中国仅次于长江、黄河的第三大内河——松花江几乎收集了黑、吉两省的全部水液（流域面积为 56 万平方公里，占吉林与黑龙江两省 66 万平方公里总面积的 84%）。只是由于前面有方圆近 1000 公里低洼土地的阻隔，它无法直接流入鄂霍次克海，因此被无情地划定为别人的支流（自古中国人认为其直流鞑靼海峡，1949 年后才改称为黑龙江的支流）。然而松花江毫不计较，它腹中流动的水以及几千公里蜿蜒的河床并不在乎人类怎样称呼它们。它只是流。正像诗人们只管写诗，而不管什么吉大不吉大。

天池，它的法定源头。我去过，甚至还跳进天池游了泳。35年前的一个夏天，天池的水异常冰冷，我只是照了几张挥臂侧泳的相之后便仓皇爬上岸。然后，我亲眼看见松花江一汪汪地从天池里面移流出来。**它以小溪的方式流过一片平坦的谷地，然后突然跌下瀑布。从天池到长白山瀑布之间那段面善心狠的小溪，长度只有1200米，那是松花江的第一个小名：乘槎河，也可能是世界上最短的一条河。**之后，松花江从海拔2150米处猛地下坠！经过68米高的瀑布之后被称为二道白河。那条翻着浪花的白河先是流过延边，之后流过通化。

延边，那是我插队的州府。

通化，正是吕贵品的方向。

走出长白山脉之后的松花江，舒展了一下腰身，江面骤然开阔。我曾久久站在九台县其塔木公社的江边，那时我甚至感到它有点雍容华贵。**在那个县的卡伦公社双泉大队，我曾教过小学二年级、四年级算术，后教初一的历史与语文课。而王小妮则是从那个县的知青办直接考上了吉大。**再之后，松花江接纳了伊通河与饮马河。**这时，我们可以看到伊通河岸边的大城市里站着两位赤子心，一个是白光，一个是晓波。**所以无论从水里还是岸上看，松花江和吉林大学诗人都大有关系。

再往下流，是一座宽度达一全内公里的大桥。我在桥下曾空望大江。那桥的位置过去叫扶余与前郭，现在叫松原。从那里向下不远处就是三岔河。在那里，第二松花江将和它的"支流"嫩江汇合。那是松花江一辈子最大的事。这两个兄弟的交汇意义重大，它成为长白山水系与大兴安岭水系交叉的节点。如果剪彩，这里正应是剪刀落位之处。

三岔河西边有一个县叫长岭，那里出了个诗人兰亚明。它率领着全县的水向东全部流入了松花江。再西边就是内蒙古大草原，假如乘坐时光机，会看见插队的南京少年邹进正在策马扬鞭。

写到这里我忽然发现文章其实是一个活物，它常常并不听从标题的指挥而自由流淌。本文标题设定的话题是寻找我们的诗歌教头，但却不知不觉地流进了松花江，并似有似无地寻找起了江河的源头。

说到江源，松花江是一只双头怪物。百度上称它有南北两源。南源是天池，称第二松花江。北源是嫩江，发源于大兴安岭，也就是从包临轩家流出来，从刘福春家流过来。对比两个源头，嫩江几项指标都大得多。首先，嫩江的长度和"多年平均年径流量"都是第二松花江的一倍半，而流域面积，更是第二松花江的四倍。按照河源"唯长"的原则，源头当然属嫩江。但很奇怪，正源被强行定为第二松花江，嫩江仅作为"支流"。为什么？因为一个无比巨大的理由，它是从著名的天池里流出来的。为此，松花江宁可亏了近400公里的长度，由2309公里缩减为1927公里。于是原本比珠江稍长的松花江，在长度上排名于珠江之后。可见，不论是诗源还是江源，"著名"这两个字有多么可怕。

从三岔河到苏历铭家乡佳木斯是松花江中游。身居中游，这是一个由诸多人文地理决定的复杂结果，也大概是这个笑呵呵家伙总是不前不后的出身原因。这段中游曾在1979年被我横渡过一次在哈尔滨。从轮渡码头到太阳岛横宽900米。那一次我几乎丢失性命般地领略了松花江的强横与暴虐。它的几十米宽的江心急流以不可阻挡的力量把我的游程疯狂地拉成了一条斜斜的近2000米射线。

一条江就这么快地走到了下游。从佳木斯到河门，它的下游只有短短的 267 公里。两条大江的汇合，如同两颗恒星相撞击，如同在星空形成黑洞，这么大的一条江也将汇入另一条江——在同江，松花江把它从整个东北大平原一点点搜刮起来的水，慷慨地推送进了黑龙江那更加巨大的河床。记得小时候读过一本书，大概叫《西伯利亚漫游记》，写了一个美国人从莫斯科出发探索一条从欧洲到黑龙江口的出海大通道。在松、黑两江汇合处，那个美国人写道：这是从南方流过来的一条大江。他特别强调的是"南方"两个字。2014 年夏，我也终于从南方而来，到达了两江汇集处的同江市一处叫三江口的地方。**那里的水面开阔得简直像小型的海洋。乘坐一艘快艇，我们开了近半个小时，才接近了俄罗斯黑乎乎的对岸。那是我见过的最宽的河面——两条大江热烈相拥时，像两个伟大友谊之间形成的壮烈气场。辽阔大地被骤然切开，无数的水轰隆隆涌进，水面浩浩然达 3000 多米。**

松花江，在它最宽的时候，就是它即将结束的时刻。

它是谁，它叫什么名字已不再重要。它只知道自己是水，是流动，是一条深深的沟壑。它从哪里来，它不屑回答，一个近似于世俗的问题它从哪儿来回哪儿去吧。它告诉我的是：它没有明确的起始之源，也没有正宗的禁军教头。它只是很多偶然聚在一起倾斜奔泄的、飞翔的愿望；只是一层匆匆忙忙，一闪而过，向着那个最低点涌动，暗藏幽灵的、蹦跳着的光斑。

2018 年 2 月 12 日　深圳

徐敬亚

　　1949 年生于吉林长春，诗歌批评家、诗人。1977 年考入吉林大学中文系，《赤子心》诗社成员。曾策划"1986 中国现代诗群体大展"，主编《中国现代主义诗群大观 1986—1988》。1976 年写诗，《今天》理论撰稿人之一。

　　主要著作有《崛起的诗群》《圭臬之死》《不原谅历史》《重新做一个批评家》等。

既然

既然

前，不见岸

后，也远离了岸

既然

脚下踏着波澜

又注定终生恋着波澜

既然

能托起安眠的礁石

已沉入海底

既然

与彼岸尚远

隔一海苍天

那么，便把一生交给海吧

交给前方没有标出的航线！

一代

第一粒雪就掩埋了冬天

皮鞋疯了

无法找到你！

还没有来得及指点

手臂就消失了

我是慈善如火的人

我是无法预测的人

在我放声大笑前

被突然雕塑

奔向何方

春天，连铜都绿啦

树走进血管

让头发作我巨大的睫毛吧

以前额注视死亡

从火里走向水

多么令人诱惑呀

还没有来得及死

就诞生了

影子回到我的身体里来吧

太阳升起时

白纸上的字迹也无影无踪

我心柔似女

风，一阵哭一阵笑

大丈夫，多么富有魅力

第一朵花就掩埋了春天

苦难挽留我！

唯有你能够把我支撑

就在这里

钉下一颗钉子

我是无法再生无法死去的男人

夜，一个青年在海滨

一

夜
我和咸涩的海风一起
徘徊在
长长的海滨——
大海，不睡呀
把皱巴巴的手绢儿
揉来揉去……
（涛声！滚滚失眠的涛声！）

二

……往事
在灰蒙蒙的海面上走
金色的童年
欢蹦乱跳地闪动
（涛声！由远而近的涛声！）

扬着浴巾，跑向大海
爸爸欢呼般地把我举向高空
沙滩。依然是

滑梯一样平缓的沙滩

走吧……腿

身体怎么竟这样沉重

多少个夜晚

任狂风扑打我的胸膛，像石头

我木然地站立着。不动

（涛声！闪电般锋利的涛声！）

三

一个人——不，一个孩子

就这样老啦

走呵……我走着

长长的海滨——

我，幻想过生活的大海呀

天蓝色的小航海家们

播种过鲜亮亮的理想和热情

结果，大海冲来了

海浪一层层漫上我的额头……

（涛声。涛声。）

就这样，把手插在衣袋里

默默地走

衣袋！……我曾失去很多很多呀

那一枚枚

积攒起来又遗落了的

金币一样的清晨和黄昏……
（涛声！暴躁不安的涛声！）

四

走，腿和思绪
年轻而刚健地前行
海风
凶猛地喊，把我推来推去
（涛声！涛声！涛声！）

告诉谁呢？大海
我——
过早地想到过死！
爸爸。砖一样厚的档案
血，陌生而又无声的眼睛
可是，我
也抢过鞭子呀……
旋转的传单，蜂拥的人群
惊叫。爆裂。翻滚……
（涛声！涛声！黑色的涛声！）

五

夜，真慢。真沉
只有海，围着长长的海岸
呼叫着。奔跑着……

我的喉咙也嘶哑过，哽咽过

以幼稚的心

追赶过一个疯狂的年代

苦辣的酒

我一杯接一杯地干过呀

疲倦。晕眩。真想躺下去，真想

多少次……不，不

轰隆隆，轰隆隆

（涛声！一声比一声洪亮的涛声！）

我们

诅咒过。抗争过，思索过

人

有时真能听到自己的心跳

（涛声！涛声！）

（从每一层波浪里挣脱出来的涛声）

六

（涛声……涛声……涛声）

黑色的大海

黝黑色的

像亿万亩起伏不平的田垄

那是土地！那里面

流淌着人的混浊的液体（我们的！）

而眼前，却还没有绿色的森林

但，我相信

土地和大海——她们都懂

生长，在韧性地进行

脉搏呀，永远不是孤单的

此刻，在我身旁

一个黑脸汉子仰卧着

正一起一伏地掀动着宽阔的前脚

七

（涛声！巨大自鸣钟摆动般的涛声）

海。涛声。海……

让我想起历史

几万万年前

生命，就从这里爬上岸——

于是，火焰开始蔓延

智慧挽起力量，舞蹈

炮烟与壁画一起飘向长空……

（涛声！一百四十年前

也是这黑色的夜晚，涛声

黄河和长江，一起颤动

一个古老民族的双弦琴上

奏出悲壮的低音……

涛声！啊！惊叫的涛声！涛声）

……乌黑的炮筒，蓝霉菌似的眼睛

海岸呀，弯曲的脊梁上

拖着一根长长的辫子……

（涛声。涛声。涛声。）

我觉得，海面上

开来了无数只登陆艇……

（涛声！撞响在东方海岸的涛声）

八

掀荡。掀荡。掀荡

大海，过着一种

永恒跃动的生活

蛋壳遗失了，珊瑚虫一代代堆积

海的深处

含蕴着无数无数只生命

自由的鱼

海带飘拂的黑发，电鳗——

那喷射电波的精灵……

啊，比人类更古老

比万物更庞大的海呀

我——以整个生命

面对着你

在凝重的流质中

有一种旋律传导入我的心胸

年轻的我，和生活，站在一起！

生活！生活！生活呀

是的，我听到了一种声音

年轻，我还这样年轻！听到了呀

（涛声！一声声呼喊着我名字的涛声！）

九

大海

轰隆隆，袭隆隆地笑着

向我滚来

远方，闪着明明灭灭的灯火

我知道

有一个劳动者的位置在等候我

那里，是我贫穷而憨厚的小城

海，一层层漫过我的脚

伸出手，推我离去

走属于我的道路

一下一下，用强有力的节拍

把我撼动，撼动……

（涛声。涛声。涛声。

响彻黑夜，响彻海滨的涛声！）

青海，高原狮吼

一声比一声更猛的
是我的喘息，高原啊，你正沿着血管
从内部攻打我
每一枪都击中太阳穴，天空蹦跳
擂鼓者用肋骨敲击我的心脏

我怎么敢向你发出挑战
怎么配做你的对手
每一寸平坦里，你都暗藏着云中尖峰
连绵起伏的剑法，太极拳一样遥远而柔韧
还没有登上你的拳台
我已经累坏了

充满了深度的威胁，天空湛蓝
埋伏了千军万马的高原
给我力气吧，也许
我不应该越过自己的界限
你用一次次的上升，远离我的窥视，惩罚我
每一根草都扇动起鹰的翅膀

升起来了，从四面八方
满天的狮群向我滚滚奔来
吹起鬃毛的抖动，牙齿呼啸
头顶滑过圆形的闪电

顶礼，高原
顶礼，永在我之上的土地
天空湛蓝，天堂端坐
比寂静更寂静，比寂静
更缺少声音

青海，我与你盘膝对坐

离开炊烟漂浮的中原，溯着大河
我一步步向上寻找
在这宽广之地，你怎能隐藏得这么好
一座山脉搂紧另一座山脉
青海，你在哪里
在我的背后，那里的石头都变成了人
你的人全变成了石头

噢，我看见了，青海
戴着黄色僧帽的山，披着袈裟风
你一闪身就走进了你的寺院
经幡起舞，念诵声飘出高原
酥油灯里金子一样的微笑
明明灭灭

走出门来，给我讲一讲吧
幽暗的日子怎样抽出光线
匍匐长揖怎样测量山河
这么大的房间
你们一生怎样入睡

没办法就拨我一下吧，把我
像经筒那样飞快拨转
天际线眯着群山的眼睛
面对面，盘膝对坐
我与你，一起
睡着了

我告诉儿子

在你诞生的时候
有人在下棋
输掉了开阔地之后
我们站在星星上向天空开枪

记住
是冰和石头组成了你
而水与灰尘的粉沫
要靠你的一生去转化
把温度传给下一代
这算不了什么
我最先给你的只是一只耳朵
你应该听到
总有人喊你的名字
那一天
白兰花低着头穿过玻璃
很多人什么也不说
就走了

在你的面前

将有一个长得很丑的人

冷笑着，坐下来喝酒

那是我生前不通姓名的朋友

他和我，一辈子也没有打开那只盒子

在我的时代

香气扑鼻。悠扬，而又苦涩

贝多芬的鬃毛，乐曲般拂起

而我却从来没有一天开心歌唱过

爸爸不是没有伸出手

最后，我握着的

仍然是自己的全部手指

只有心里的风，可以作证

我的每一个指纹里

都充满了风暴

你的父亲

不是一个温和的人

这个人的温度，全部被冰雪融化

我一生也没有学会点头奉承

正因为我心里想得太好

所以说出的话总是不好

我一辈子用左手写字

握手时却被迫伸出右手

儿子啊

这是我在你生前，就粗暴地
替我们家庭选择的命运
我，已经是我
你，正在是你
但我还是要告诉你
别人向左，你就向右
与世界相反——
多么富有魅力！

我的力量
总有一天会全部溜走
当你的肱二头肌充血的时候
我正与你的力量约会
拳台上，你和对手握拳时
要把墨水悄悄印在他的手上
被我忍住的眼泪
将会成为你流淌的金币
我一天也不会离开你
我将暗中跟踪你，走遍天涯
儿子，不管我在，还是不在
上路之前，都要替我
把那双老式的尖头皮鞋擦得
格外深沉

你的功勋

注定要在上午升起

地毯上的图案突然逃离大门时

你要立刻起身追赶

那时，你会听到

我在牛皮纸里为你沙沙歌唱

一个人

一生总共也渡过不了几条河

我终于明白，我永远学不会的沉默

才是一架最伟大的钢琴

明天，或者下一个明天

总会有人敲你的门

你想也不用想

就要站起来

是胸前一个漏掉的纽扣

使我年轻时就突然坚定

而你，注定是我暗中的永生

我要靠你的目光

擦拭我不愿弯曲的脊背

你要沿着龙骨的曲线寻找女人

男人

可以使水向上走

你的父亲

一生也没有学会偷偷飞翔

我把折断的翅膀

像旧手绢一样赠给你

愿意怎么飞就怎么飞吧

你是我变成的另一只蝴蝶

是一个跌倒者加入了另一种力量的奔跑

你的心脏

是我与一个好女人撒下的沙子

你自己的心，愿意怎么跳就怎么跳吧

儿子，父亲只要求你

在最空旷的时候想起我

一生只想十次

每次只想一秒

我多么希望

你平安地过完一生

可是生活总是那么不平

某一天，当大海扬起波涛

我希望

你，恰好正站在那里

我再说一遍

有人喊你的名字时

你要回答

儿子啊，请记住

你应该永远像我的遗憾

一样美

王小妮

1955 年生于吉林长春，1977 年考入吉林大学中文系。《赤子心》诗社成员。毕业后做电影文学编辑。1985 年定居深圳。

作品除诗歌外，涉及小说、散文、随笔等。2000 年秋参加在东京举行的"世界诗人节"。2001 年夏受德国幽堡基金会邀请赴德讲学。2003 年获得由中国诗歌界最具有影响力的三家核心期刊《星星诗刊》《诗选刊》《诗歌月刊》联合颁发的"中国 2002 年度诗歌奖"。曾获美国"安高诗歌奖"。

诗人

上午，我和许多人
一起嘲笑诗，
嘲笑它如同垃圾。

唯有我的嘲笑是真的，
因为我是诗人。

我有积攒一切
白纸的嗜好，
有人说，我一定
蓄谋着什么。
不，不会。
与街上的诗人比
我已完全等同于路人。

深夜，
幡然失眠。
找到纸和笔以后，
连一个字也写不出。

一个字也写不出，
我沮丧如同败鼠。
我终于彻底地明白，
我是一个
命中注定的诗人。

晴朗漫长的下午怎么过

太阳照耀我
看完一本圣贤书。

古人英明
让精神活到了今天。
但是他们没有说明
怎样过下午。

风花雪夜月全都扫兴。
太阳飞碟一样
侵犯我。
晴朗起来什么都想。
可是一个人
活着，又过于瘦长。

看书不如看大街。
把表看成巨人脚。
把窗子看成方块的脸。
隔着百叶窗
人影一节节拖长。

谁也扶不起它们。

我看见远远地
你裹着一团你的下午
手上乱七八糟
总好像在做事情。
我要隐藏很深。
真怕你
从正午的高坡上走下来问我
晴朗漫长的下午
通向哪里。

突然有什么嚓嚓走近。
末日硕大
阴沉下了脸
这个下午终于完了。

紧闭家门

睡醒了午觉

我发现

在这个挺大的国家里

我写诗写得最好。

最好这个想法

秒针般繁密地滋长。

鼓声不断

由你冲撞向我。

荒草钟一样哇哇报时。

我明白

到了必须

闭门写诗的时刻。

紧闭家门

重新坐下来喜爱世界。

四壁的霉斑

为我的坐姿悠悠闪亮。

让深陷重围的人们

八面去听。

让正想申辩的人们

突然停止。

随意把字写到纸上。

从来没人认识诗。

从来没人

想一个人活出优美。

太阳啄我的薄门。

告诉它

有人正在写诗。

你的眼睛

巨大地浮荡在上。

满天星球

在你背后左右怂恿。

我要警告万物保持安静。

那一团幻觉

穿透四壁

正慢慢飘荡向我。

走来了我悠悠的世界。

失眠以后

我要到榕树尖上睡。
我要到电话线里睡。
我能创作出
我自由的方式。
带着大鸟飞翔一样的声响
离开不能喘息的软床。

在暗处
什么都敢想象。
再没有人凶悍地走近。
连罪恶
都睡得喷香。

表一声声问我几点。
声音像锌罐被踢近踢远。
我随便说儿
现在都是真理。
我说我有十六只手。
白天怎么能想像
我这十六只手臂

弯曲美丽

上下左右烘托我的身体。

世界有半面乌黑

我们也半面乌黑。

世界垂下头的时候

我们灿烂失眠

成为一个光芒万丈的好物体。

头脚分离在世间

谁能经受得了晚上。

一块布的背叛

我没有想到
把玻璃擦净以后
全世界立刻渗透进来。
最后的遮挡跟着水走了
连树叶也为今后的窥视
纹浓了眉线。

我完全没有想到
只是两个小时和一块布
劳动，居然也能犯下大错。

什么东西都精通背叛。
这最古老的手艺
轻易地通过了一块柔软的脏布。
现在我被困在它的暴露之中。

别人最大的自由
是看的自由。
在这个复杂又明媚的春天
立体主义走下画布。

每一个人都获得了剖开障碍的神力
我的日子正被一层层看穿。

躲在家的最深处
却袒露在四壁以外的人
我只是裸露无遗的物体。
一张横竖交错的桃木椅子
我藏在木条之内
心思走动。
世上应该突然大降尘土
我宁愿退回到
那桃木的种子之核。

只有人才要隐秘
除了人
现在我什么都想冒充。

从北京一直沉默到广州

总要有一个人保持清醒。
总要有人了解
火车怎么样才肯从北京跑到广州。

这么远的路程
足够穿越五个小国
惊醒五座花园里发呆的总督。
但是中国的火车
像个闷着头钻进玉米地的农民。

这么远的路程
书生骑在驴背上
读破多少卷凄凉的诗书。
火车顶着金黄的铜铁
停一站叹一声。

有人沿着铁路白花花出殡
空荡的荷塘坐收纸钱。
更多的人快乐地追着汽笛进城。

在火车上

我什么也不说

在北京西我只听见人声一片

在广州我听见芭蕉正扑扑落叶。

满车内全是鸟语

信号灯裹着丧衣沉入海底。

我乘坐着另外的滚滚力量

一年一年

南北穿越中国

我的火车不靠火焰推进

我的心只靠着我多年的沉默。

月光白得很

月亮在深夜照出了一切的骨头。

我呼进了青白的气息。
人间的琐碎皮毛
变成下坠的萤火虫。
城市是一具死去的骨架。

没有哪个生命
配得上这样纯的夜色。
打开窗帘
天地正在眼前交接白银
月光使我忘记我是一个人。

生命的最后一幕
在一片素色里静静地彩排。
月光来到地板上
我的两只脚已经预先白了。

吕贵品

　　1956 年出生于东北通化，1968 年开始写诗，从此以诗为伴，没有间断。1977 年考入吉林大学中文系，《赤子心》诗社成员。1984 年来到深圳，并与徐敬亚等人发起声震全国的"中国诗坛 1986 现代诗大展"。

　　2010 年由作家出版社出版《吕贵品诗选集》。2016 年 4 月由海天出版社出版《吕贵品诗文集》5 卷，它们分别是《丁香花开》《好风不动》《蓝血爱情》《井底之鞋》和《闭口藏舌》，其中《丁香花开》为杂文、随笔、小剧本集，其他 4 部作品均为诗集。

往生

往生……
对死亡最美妙的注释
一只蛹死了　变成了飞舞的蝴蝶
在空中闪烁着斑斓

或者说：今生如死　来世是活
或者说：今生浊灯暗淡　来世金光灿烂

往生……向生的地方走去
我用风的脚步轻轻踏着咒语
溅起一片夜色
我在黑暗中爆发出烈焰

一场熊熊大火是生命的歌声和舞蹈
曲终舞落　便是涅槃

往生……向生的地方走去
临行之前　我点燃灯盏
给窗外顾盼的行人留下一点思念
我又在门口站了一会儿

然后告别小屋寂寞的炊烟
离开滴泪的屋檐

走吧……在往生的路上
菩提树的叶子快乐地飞舞
发出鸟鸣悠扬而委婉
还有莲花把香气拌进了月光
洒满淡而无味的空间

往生……让我迈开坚定的步伐
向着十方净土走去
在死亡那里我不会迟到
我会随着心锤敲响的钟声
背对人间挥挥手！渐渐走远……

宣判

我出生那天就被宣判了死刑
太阳的法锤敲击着天空

一声又一声　一直把天空敲黑
我躺在黑夜这个巨大的牢房之中
寻找残梦的碎渣
寻找能够闻到麦香的鼠洞

在云影里　铁窗的笼槛漏出星光
丢给我玻璃球般的点点光明

我明明知道没有任何可能
还想方设法为自己寻求赦免
让自己不死或者长生

听说释迦牟尼有灵丹妙药
我诵经坐禅闭关
可我身上落叶纷纷　鬓发依然凋零

我试图找法官申辩：我是好人

应该得到好报应该无忧无灾无病

而苦难始终随身如影
有一天苦难突然站到我的面前
告诉我他就是释迦牟尼
这个冥冥天空是灵魂的法庭

还告诉我要找的法官就是自己
这一刻我感到庄严竟如此宁静
我四处寻找法锤
发现法锤就在我的胸膛
一颗心敲击着　溅出一片血红

有一块石头是墓碑

一块石头从山上下来
站在那里指挥行人的方向
蜂拥而至的人群突然变得有序
彬彬有礼排队前往

人站在石头面前肃然起敬
太阳照耀着石头　血液的温度慢慢升高
然后蒸发热泪盈眶

昨日铁锤凿石叮当之声在山谷回荡
石头絮语留下几处文字
光滑的石面一队黑红蚂蚁成行

于是石头心跳让湖水涟漪荡漾
石头哭泣让山溪潺潺流淌
石头微笑让花丛辉煌

石头的灵魂是一段碑文
有人不满这个世界　说还要回去
有人点燃墓志铭让烟雾飘香

人们想起武则天的石头没有文字
但是　只要石头站立起来
就如同鸟在飞翔

石头在天空高高飘扬
风起云涌　石头的队伍多么威武雄壮

仰望长空　仰望万里群山
有一块石头是墓碑
它傲然挺立心头或者站在身旁

睡莲入梦

月亮在中天坐禅
我熟悉的心经之声一片灿烂

月亮观照自己　静静地凝视着
一朵入梦的睡莲

莲藕也在梦里我在梦的边缘
藕的鼾声吐出一串气泡
气泡读出金刚经一句偈言 *

世间万物都在修禅
我的心性在月光里朦胧可见

一条鱼顿悟　潜入泥中化身为藕
一只青蛙彻悟　跳出水面修成花瓣
那朵睡莲大悟了　也睡成了莲蓬
我还在渐悟中哭笑人间

大悟的莲蓬里面坐着一群小和尚
诵经之声莲香弥漫

莲香飘自于莲子的苦心

绿绿的苦没有泪水

一种淡淡的味道就是万里河山

睡莲依然做月光的禅梦

我身边的女人正是那朵睡莲

花瓣微微合拢　我在她的梦里闭关

*《金刚经》有云："一切有为法，如梦幻泡影，如露亦如电，应作如是观。"

前世月光

夜色慢慢变浅
莲叶飘出绿雾淡淡地弥漫
月亮的笑声在莲塘里朗朗荡漾

莲花的开合把我关进了病房
我在嘶嘶虫鸣中入梦
一把小提琴悬浮着在呻吟
针头在我的血管里窥望

这个黑夜正在为我煎一碟太阳蛋
我等待着天亮　　去听
一杯咖啡搅拌母牛的哭声

我躺在夜里
一朵莲花燃起烛光也在嘻嘻地笑
我的旧病正在含苞待放

忽然一声蛙鸣叫出我前世的月光
李白曾怀疑那是地上的霜

病房就是我的故乡

这里住过我的母亲　　住过我的兄弟

这里还有一座小桥款款漫步

在病床的两端徘徊彷徨

我静静地等待着黎明

莲花把我托起来接受莲蓬的沐浴

我沐浴朗朗的笑声

一身清爽踏上小桥走向远方

梦游桃花源

我乘坐一只梦的小船蜿蜒而行
朦朦胧胧似乎行驶了一生

忽然遇到一群桃花
弥漫着云雾的香气惊世骇俗
笑声纷纷扬扬把天地染得酒绿灯红

我用低吟的歌声摇桨
"起来！不愿做奴隶的人们……"
歌声上岸进入一个辉煌的山洞
洞里没有老鼠
洞里四处飘拂着得意的春风

我走出山洞之后
看到一座城市富丽堂皇不见阴影
厕所里白玉马桶生长翠莲
宴席上黄金碗中荡漾宋嫂鱼羹

我问：这条鱼从哪里游来
有人微笑说：你来的那条小河

那条小河哇　水不太清！

我身边一个人拍拍我的肩膀:
你从哪里来？你是何方的妖精？

我在风和日丽里正要回答
突然一声清脆　大街上有汽车相撞
把我惊醒
惊出我一身的鸡皮疙瘩
我睁开眼睛还是黑夜
我恍惚引颈　发出了一声鸡鸣……

病房

绿色涂在墙上
花盆里的君子兰已经枯萎
长椅上摆放了一排又一排老弱病残

有一个人正在清理垃圾桶
灰尘扬起　阳光滚动
那人揉揉眼睛
把两只手套叠放在红色消防栓上

几辆轮椅车气喘吁吁缓缓驶过
走廊地上留下两条水痕
令人想起哭过的孩子

这时那人昂起头点几滴眼药水
然后睁开一双烂眼
从病房窗口放眼望去
看到了九百六十万平方公里

邹进

　　1958年生于北京。1977年考入吉林大学中文系。《赤子心》诗社成员。著有诗集《为美丽的风景而忧伤》《它的翅膀硕大无形，一边是白昼，一边是黑夜》和《坠落在四月的黄昏》。人天书店创始人，现居北京。

春天如此描述

举起手
撒落桃花
红色的马在
舞台中央
站
立

跟着手势
开始穿行

穿行现场
穿行河的两岸
左岸看雪
右岸观火
红色的裂裳
白色的
婚纱

火焰
在河上

蹄音

撒满水面

小马出生在

夜里

草长在母马的

胃里

过冬的秸秆

被铡刀　吃尽

牙齿

嚼着时光

河在摇晃

母马开始奔跑

地久

天长

从摔碎的杯子里

摔碎的杯子
奔出蓝色之马

簌簌作响，马尾扫过树林
掉下一地鬃毛

湿地上浸透墨汁
它们在那里咬文嚼字

今夜，月光照亮草场
倾巢出动，从马厩，从透明的瓶子

骑手不落马
在马背上翻滚，酣睡

读书节

看见一只梦游的鸟
"绕树三匝，何枝可依？"

而此时
月明星稀
我正在读书
今天是读书节
读各种书
同时看四大名著
一边看一页
过目不忘

而此时
唐僧念叨着出师表
大观园里
独坐一人　一杯两盏
唤得酒保拿笔砚来
此人写道：
三十九回
浔阳楼宋江吟反诗

……

而此时
有人在做朱拓
有人在做墨拓
有人端着石板看电子书

而此时
一声清脆的响声
宋襄公的车驭
在挥动马鞭

今夜星陨如雨
我是不是还沉迷在
这鲁国的
天空里

观象台

乳牙星星般
在夜空闪闪发光

海狮的幼仔们
躺在贝壳里吮吸月色

穿透云层后
巨乳悬挂于头顶

咬紧牙关
只听哎呦一声

几个场景

马的连续影像
在广场上反复出现
无边的空旷
让心荒寂

夜色上反白的字体
晦涩如同面孔
心落在雪上
雪无处可落

美丽一点点淹没
送别的场景挥之不去
祭奠那条河流
不再汪洋恣意

蝴蝶从黑色中挤出
替代一场春雪
山岗上坐着谁的魂灵
还在说我爱你

贾科梅蒂雕塑展

你站在前天
我在前天的前天
如果把时间紧缩
我们是在同一天
再紧缩
在同一时刻

窗外的光
射手般
瞄准室内的雕像
和看似渺小的观众
在不同时空里
感受同一种瘦削

历史的每一个角落
大都被爱因斯坦目光所止
当距离越退越远
形体便趋于一致
具象接近消失之时
灵魂也几近灭失

停驻铜像的目光

还没来得及消散

在巴黎街头

他甚至知道摄影机正对着他

他看着自己从容不迫地走完一生

然后走入狭小的画室

甚至听到胶片的响声

反复摆弄头颅的模特

脱下外套和松垮的裤子

露出烧焦的肢体

把人类的各种疼痛

收敛在观者的目光里

一棵蓝色的树

在路上
有一棵蓝色的树
一棵蓝色的树
树是蓝色的
一棵蓝色的树

春天我走进山中
在荒芜之地，它稍纵即逝
我的白色的马
踏着星星般的蹄音跑来跑去

在流淌着车轮的路上
有一棵蓝色的树

在我疲劳的时候
在我将睡未睡之时
有一棵蓝色的树

席子和阳光一道展开
江上漂满了硬币

有许多的船和孩子
在他们中间
有一棵蓝色的树

远处只剩下了房子
沙鸥被距离淡出了
现在我只记得
有一棵蓝色的树

树是蓝色的
一棵蓝色的树

白光

　　1956 年生于吉林省长春市。1977 年考入吉林大学中文系。《赤子心》诗社成员。有诗歌《圆号独奏》《含露的玫瑰》等在《青年诗人》《长春》等杂志发表。现居深圳。

圆号独奏

一束圆形的光柱
和无数条强烈的视线
聚集在金色的号筒上
泛起一层刺眼的白光

声音
从另一个世界
乳白色的晨雾里吹来
湿漉漉的
带来迷蒙的喜悦

速度逐渐加快
鲜明的节奏感和整齐的比例
在无边无际里
建立起秩序：
橘红色的毛线球
缓缓地滚来
散落出一条条弧形的曲线
然后慢慢地拉直

音域逐渐扩展
曙色里
显现出弯弯曲曲的海岸
礁石
静静地卧在潮水中
一动不动　象征着永恒

一组明快的音符飞来
灵活的海鸥
衔来了童年的欢乐

中音柔和而充满了甜蜜
让人隐隐约约地
回忆起一件
从来没有发生过的往事：
一条熟悉的小路
不知道它通向哪里
时间的存在好像完全失去了意义
想象沿着自由的轨迹推移

风　吹乱了孩子们的
头发　令人惊悸
黑云默默地膨胀
天阴得连铁都在抽搐
潮湿的幻想

"砰"地一声
摔在地上

接下来是久久的静默
静得
能听见思索嗞嗞嗞的声音

吹号者握紧拳头
伸进号筒
沉闷的阻塞音
像阻塞了的历史一样压抑

胳膊慢慢弯成锐角
肌肉像岩石一样挺立
咬合着的齿轮费劲地转动着
启航的轮船一声声汽笛

纷乱的意象
慢慢地沉淀出一个概念：力量
一次次的重复又强化了主题。

揭开星星留在夜幕上的疮疤
黎明来临
洁白的信鸽
在蓝天上画满了问号

色彩斑驳的颤音

在半空中飘浮

声音的重量

坠住了躁动的心

奇妙的使命在混乱后耕耘

积木垒成的宫殿倒塌了

雄壮的号声在废墟上进军

强烈的结尾

像一个大力士

又一次把主题高高举起

溅着火星的音块

向四面八方飞进

紫红色的大幕缓缓跌落

如梦初醒的掌声响起

舞台上　　圆号

支撑着一个微微起伏的前胸

荒废

让大地荒废一年
不种水稻　　不种麦子　　不种玉米

大地会杂草丛生
藤条丛生　　灌木丛生　　芦苇丛生

麻雀乱飞　　苍蝇乱飞　　蝗虫乱飞
鸡鸭鹅狗可以随意拉屎撒尿

仓鼠和田鼠胡乱交配
把家兔跑出去当野兔

不给大地喝农药
不给大地灌化肥

让大地用喜欢的姿势歇一会
没有任何负担地睡眠

这一年　　还要给农民双倍的工钱
休闲　　旅游　　到朋友家喝酒　　打扑克

我们奴役大地几千年了

该有一个星期天　舒缓一下心血管

今后也要让大地定期轮休

就像女人　每月都有那么几天

巴音布鲁克

我在长城上画了一幅自画像
画完之后转过身　目视前方
让你能够一枪打死两个人

我倒下会压塌了长城
长城倒下会压塌了贺兰山
漏出了一望无际的大漠驼铃

即便是遗落在草原上的
一粒羊屎　也能跳起来
变为成吉思汗的卫兵

巴音布鲁克给了我一万条命
每年都有几次
随着草籽萌生

K 形诗

现在的我正在调试

彩色电视回忆机

按一按遥控器

就能选择到

三十二岁

的时候

漂亮

的

你

是否

也能够

看得见我

胡子拉碴地

坐在操作台前

调试着这台仪器

屏幕图像是否清晰

一形诗

染色的黑珍珠是珍珠流出来的珍珠般的眼泪

兰亚明

正蓝旗人，祖籍辽宁新民。1953 年生于吉林长岭。1977 年考入吉林大学中文系，《赤子心》诗社成员。1982 年始，在政府机关工作，直至退休。著有《亚明诗选》和散文集《人这一辈子》。

给上帝

也许这蓝天也是你的
太阳是你鲜红的印章
也许这大地也是你的
千万条江河将它捆绑

你多么希望
闪烁的星斗是金色的铆钉
固定你千载不灭的辉煌

可是　你绝不会相信吧
山峦的崩摧能阻断河流
后羿的臂力能射落太阳
就连那颗颗星儿
也可化作眼似的枪口
枪口中喷射着愤怒的光

请你怀疑自己吧　上帝
你能抑住大海的胸膛
你能阻止空气的流淌
纵有十万吨的寒冷

你又怎能把人心冻僵

该谢的恩早已谢过
该叩的头早已叩响
身上荷着重负
头上留有血浆
当跪着的我们
从地上爬起来时
就已经清醒了
一手向你索还自由
一手握紧了枪

写给曲有源

春天里　你倾注激情
总是瓶底朝上
令才华洋溢
有如倒提之江河
一泻千里

当寒流袭来
你用酒燃烧激情
撑起正义
当激情燃烧
你又钻进冰窟
封闭所有毛孔

如今　你
心静如水
激情凝冰
面对天之浩渺
把所有的有形都
变成了无形

把可感可视的一切
都幻化为虚无
甚至把那颗并不椭圆的心
也掏出来　掰开　撕碎　研成末
敷在灵魂上
让风吹去

二

世界上最脆弱的
是未曾受过伤害的心
你一步步走来
正是因为你的心
已布满伤痕

心被脚踩过
面对风雨
还会恐惧吗

没有恐惧没有颤抖的心
即使血流尽了
一经被灵魂托起
也和旭日一样
冉冉而升

三

诗阳痿了
精神早泻了
你却金枪不倒
还那样坚挺

你是世界上最雄壮的男人
所有的女人
都愿意伏在你的身上
向你倾诉

西出阳关

西出阳关
见着见不着故人
酒总是要喝的
即使没有葡萄美酒
也须以夜光杯为盏
为的是想起
那些醉卧沙场的将士
和那几位侠肝义胆酣畅淋漓的诗人

西出阳关
一抬眼
便满目苍凉

白云间扯下的那条黄河
依然日流夜淌
万仞山下的那座孤城
空守着千般寂寥
大漠的万缕孤烟
从远古飘起
飘了千年万年

已不再直了

长河的落日

被浊浪涌着

浑浑中　也见不得圆了

杨柳已无心过问

羌笛是否曾经怨过

只是一门心思地苦长

直长得细长细长

大漠苍凉　无须涂抹

只要春风不度

一切都是白扯

苍凉覆盖的苍凉

如同贫血的脸

涂上了清冷的月色

即使苍凉被出卖了

也只能用来展示苍凉或演绎兵戈

在这里

云不见了

雨不见了

鸣沙山的飞沙不再鸣唱

月牙泉的泉水不见流淌

就连冷清清的雪都逃逸了

只剩下惶惶恐恐的风

四处流窜

不时扬起的黄沙

在天地间弥漫

莫高窟的佛们

也耐不住刀割似的寂寞

用飞天女的脚丫子

勾来了域内域外的游客

让洋人的祈祷

也缠上那几株古榆

在风中摇曳

这就是大西北

这就是西出阳关

我最真切的感觉

可苍凉不能永远只生长苍凉

胡杨树千年不死

死后千年不倒

倒下千年不朽的倔强

也隐隐约约　　让人

看到了溢出阳关的期望

撒哈拉，你也心痛

呵　撒哈拉

神奇的撒哈拉

你神奇得

让一切贫瘠的思维都充满幻想

让一切可以想象的空间都荡漾芬芳

每一粒沙尘都闪烁着神奇

每一寸阳光都幻化着虹桥殿堂

埋下一滴泪

滋润着一片善良

种下一颗心

生长出一轮太阳

撒下爱和汗水

漫漫黄沙过后

顿时　便泛起茵茵碧浪

青天白日　碧草红花

淙淙水响　莺莺鸣唱

一切美好的魂灵

犹如五彩缤纷的音符

在盎然的春意中翱翔

我们的三毛

就是在这样的憧憬中

揣着脆生生的童心

伴着叮咚的音符

用阳光　沙粒和幻想

在无边的大漠中

筑造着我们共同的理想

呵　撒哈拉

残忍的撒哈拉

你残忍得

让无论多么坚强的人都为之惊悚

让一切飞扬的灵魂纷纷折翼

掀天接地的飞沙

犹如列队排阵的死神

挟着创世纪的狂风

狰狞着　呼啸着

从远古杀来

窒息着一切声音

凝固着所有生机

将一切的一切

都揉成褐黄苍凉

在纷纷扬扬中

漫天搅起

三毛　我们共同的三毛

和她用心拓出的那片绿色

消失了

消失了

虽然不是永远

但我们每个还能睁开眼睛的人

都为之震悸

撒哈拉　令人恐惧憎恶的撒哈拉

虽然我与你不曾相识

但是　因为三毛

我恨你

我恨你旋起的风沙迷蒙了灵魂

我恨你搅动的尘暴混沌了憧憬

我恨你使无数断肠人顿足捶胸永远心痛

三毛没了

敬仰三毛的人

在撒哈拉的名字下相聚

三毛没了

撒哈拉也像失却了灵魂

惶然落魄　疯野狂奔

在远离撒哈拉的地方

我呼唤着三毛的名字

当我把沙尘扬向天空的一瞬间

我忽然明白

撒哈拉呵

失去绿色的撒哈拉

没了三毛

你也心痛

梦开始的地方

梦开始的地方

已经荒芜

杂草上叠满硬币

闪烁的光

挤走芬芳

魇住的蜂蝶

枯叶般坠落

花不再开了

绿在委屈中退缩

梦失去了

生命不再有根

无根的生命

再也没了期望的光辉

不敢惊动的那片情

随风飘起

又被热泪打湿

苏历铭

生于黑龙江省佳木斯市。1980 年考入吉林大学经济系，吉林大学《北极星》杂志创始人。九十年代留学于日本筑波大学、富山大学，主修国民经济管理和宏观经济分析。

1983 年开始公开发表作品，著有诗集《田野之死》《有鸟飞过》《悲悯》《开阔地》《青苔的倒影》等，随笔集《细节与碎片》等。

北京：千禧之雪

雪落在故宫的时候，天空已经透出耀眼的阳光
有人在跺脚取暖
枯枝上落着寂寞的乌鸦

昨夜我在灯下读书
那书是关于赤道附近非洲的狮子
它们的长啸响彻在无眠的夜里
雪的飘落，我竟毫无知觉
就像童年时代祖母的仙逝
醒来时，窗外早已一片银白

雪是天空凝固的泪水
行走其上，吱呀吱呀的响声
分明在伤害谁的躯体
而我无法躲避
在别人踩过的黑色的足迹里
摸索自己的方向

千禧之雪静悄悄地覆盖了北京
跌倒又重新站起的少年

不会顾忌满身的雪片，依旧向前奔走
而我不同，总在谨慎地寻找落脚的位置
并把衣饰上的雪片抖落

阳光依旧照亮前方
却无法消融积雪，无法让我贴近大地
烦乱与躁动的冬季里
没有谁会屏住呼吸
倾听雪的晶莹的声音

朝阳公园的湖面不再有游船的倒影
酒吧里震耳的摇滚乐
冲不破铅厚的云层
雪落满在翡翠玻璃之上
霜花满布
今夜的星光恐不能消减冬日的寒意

世纪的钟声永远不是由春天响起的
雪是序幕，太阳正向北回归线靠近
在向我们的心灵靠近
正像毫无知觉的落雪，新生的枝叶
也会悄悄地绿遍北京

在希尔顿酒店大堂里喝茶

富丽堂皇地塌陷于沙发里，在温暖的灯光照耀下
等候约我的人坐在对面

谁约我的已不重要，商道上的规矩就是倾听
若无其事，不经意时出手，然后在既定的旅途上结伴而行
短暂的感动，分别时不要成为仇人

不认识的人就像落叶
纷飞于你的左右，却不会进入你的心底
记忆的抽屉里装满美好的名字
在现在，有谁是我肝胆相照的兄弟？

三流钢琴师的黑白键盘
演奏着怀旧老歌，让我蓦然想起激情年代里那些久远的面孔
邂逅少年时代暗恋的人
没有任何心动的感觉，甚至没有寒暄
这个时代，爱情变得简单
山盟海誓丧失亘古的魅力，床笫之后的分手
恐怕无人独自伤感

每次离开时，我总要去趟卫生间
一晚上的茶水在纯白的马桶里旋转下落
然后冲水，在水声里我穿越酒店的大堂
把与我无关的事情，重新关在金碧辉煌的盒子里

铜纽扣

我受不了铜纽扣摩擦桌面的噪音
对面那个人不断在桌子上晃动双手

他的衬衫袖口，两枚铜纽扣
像两只发情的老鼠，发出隐约的尖叫
互相捉着迷藏。折射出窃喜的贼光

他移动着手中的茶杯
在纸上涂鸦字迹
故意显示金色的铜纽扣，多么像向日葵

直到我开始赞美它们
他才把手挪开桌面
双手抱肩，两枚时代的勋章
不断闪烁在我的眼前

大望路

从地铁站里涌出的人群，把我逼到花坛的边缘
顺势而坐，在水泥的冰冷中
看行人穿梭华灯初放的夜色

其实我在比邻的写字楼里已经坐上一天
脊背酸痛，在商务活动的礼节中
始终面露微笑
午后的困意一度幻想自己是一张纸屑
被早春的风吹出窗外，然后
一直飘，一直飞

可我最终还是没能逃走，在冗长的公文里
坚持到最后的分别
对方按下电梯的亮键
等待的瞬间，竟比一万年还要漫长
我努力挺直身体
用外套掩盖衬衫上的茶渍
直至电梯缓缓地关闭

大望路，北京东部的夜场

在这个新地标的位置

有人约会未来，有人分手过去

时尚的靓女目不斜视地盯着新光百货的橱窗

而蓬头垢面的乞丐

躲在暗处翻拣遗落的食物

喜鹊或是乌鸦，在泛绿的枝丫间

舞动自己的翅膀

车流汇聚成阻塞的长河

我是其中一只蝌蚪

在水流尚未漫过的低处

看着新贵和民工走在时代的乐谱里

他们有着各自的足音：铿锵的和蹒跚的

我悲愤我无法发出穿透黑暗的蛙鸣

我的眼前落满一地的烟蒂

在洁净的广场上，鲜明地成为一处污迹

而我不停地点燃一根根香烟

并不停地用脚，准确地说用鞋底

捻灭乱窜的火苗

在等待人群散去的时间里

大望路被我踩出一个洞，黑色的。

烟花

始终找不到合适的词
描绘烟花的绚烂
在漆黑无际的夜空里
每一次腾空而起的绽放
闪现人间所有的花
惊艳与凄美、繁茂与寂寞
我必须紧抿嘴唇，不让泪水
落下来

初到北京的深秋夜晚
坐在景山后街的街边
看广场上空
升起一夜的烟花
它们点燃血脉里的每一滴血
我曾想把自己变成
一束璀璨的烟花
在祖国最黑暗的时候
发出应有的光

光阴消减生命的长度

烟花的光芒不再燃烧青春

只照亮结痂的内心

现在，烟花出乎意料的盛开

我只会安静仰望

在光芒暗淡的瞬间

有时想起一些伤感的往事

往事比烟花开得长久

有的镌刻在身体里

灼伤坚硬的骨头

今年春节

我打算多买一些烟花

不再赋予任何的寓意

在人潮退去的时候

独自点燃它们

只想看它们照亮黑夜

看自己的生命里还能开出多少朵

美好的花

包临轩

　　1962 年生于黑龙江省安达市。1980 年考入吉林大学哲学系。作品在《青年诗人》《吉林日报》等发表，评论散见于《诗刊》《文艺报》《文艺争鸣》等。荣获《诗探索》杂志"2012 年度诗人"称号。现为中国作协会员，著有诗集《高纬度的雪》，评论集《生命的质感》等。

北纬 45 度

停航的船体泊在岸边
像一只孤单的鹤
一旦众声喧哗般的江水冲破冰层
它将振翅飞去

现在，江面覆盖着厚厚的雪
有低头踏雪的人
一袭黑衣匆匆
去往对岸

从江心望见长堤隆起
陡峭着一个高度，寂寥的雪线
将城市霓虹所有迷狂闪跳的光影
光影中扭曲的肢体，和
冲出喉咙的嘈杂声音
过滤完毕

江桥横陈，在天宇的冷冽之下
黑色的钢铁
钢铁下有序排列的枕木

在火车经过的激情中
体验震颤和狂欢
然后，陷入沉默

大雪掩盖了无尽的沧桑
和城市纠结的心事
蓝天，这无遮拦的巨大冰镜子
揽照了无数事变，却
不发一言

点点寒鸦和喜鹊，交替落下
加深了寒意。它们
衔起打雪仗的孩子
撒欢的笑声
穿过黑色树丛的纷乱，和稀疏
消失在远处

父亲

你在病床上的每一天
都在让时光倒流，仿佛另一种重生
已经开启

亲人的泪眼和呼喊，是遥远的
你独自纯净

你病中的微笑、体谅和谦和
让我们手足无措
仿佛昔日过多的严肃和不苟言笑
如今令你充满歉意

你突然而至的平静，正在化为一汪深潭
清澈见底，里面，似乎游动着金鱼

是什么，让从前威风凛凛的山，变成了潺潺的水
在山水繁复之间，有一段怎样的颠覆
惶惑中，我们失去了答案

不再翻山越岭的骏马，止住了风

鬃毛披挂下来，遮住汗津津的前额
那是你，曾经的时光

而现在，病榻辗转，无数个颠来倒去的晨昏
让你，成了一枚树梢上的月亮

淡淡清辉，照彻了群山

母亲

时间的落叶
渐渐堆叠出母亲的愁容

曾经，屋后的柴垛
抽取一缕缕干草
每天，化为微弱的灶火
燃不尽
笼罩旷野的贫寒

羊群清瘦，翻越墙头的豁口
找寻青绿
外祖父带着他的大狗
在碱蓬草浪深处走动

母亲说　昨夜又梦见了

弟弟把陈年旧照
翻拍成挂历，挂在
母亲卧室
早上醒来，就可以看见

可是
弟弟看不见她欣慰的笑容

窗明几净，阳台宽大
母亲整天坐在那里
一言不发

为她泡好的茶，总是
慢慢凉透
茶叶在杯中，轻轻漂浮
然后静止

她这一生
未能从往事中醒来

这些年

这些年

我把对森林的怀念

托付给颜料

在画布上涂抹

然后一幅幅悬挂

这些年

一株河边垂柳

像失散的浪子

有家难归

树梢，浸在冰冷的水中

今天早上，竟不见了

这些年

我专注于采集新闻

发布于版面和网络

是否被读过

它们都会迅速风干

无声地死去

这些年

旧日斑驳，很少再被提起
传奇破产
英雄还原为一个个犬儒
或者古板起来
沉迷于琐碎

这些年
眼看着长桥飞架于江天之上
然后坍塌于某个下午
眼看着支离的桥体，快速修复
机动车重新涌上来
我心下不安
在微弱如烛火的祈祷中
夕阳缓缓滑落

这些年
在不平面前，一次次
犹豫着转过身去
让生活平静
努力控制
止不住的羞愧

风从亘古吹来
又吹向无数个注定降临的日子
草木倾斜着舞蹈

我躲在人影渐稀的檐角下

看见远处乡下的玉米堆在屋顶

金灿灿的

闪耀于过往的泪光中

窗外的秋天

一层玻璃，把秋天
隔在了窗外

长街的灯杆上，矩形的旗帜一字排开
和车阵一样，望不到尽头
风，一定很大
不然，落叶怎会如褐色鸟群
纷飞

我的身后，是病床，是病床上的父亲
是他偶尔的咳嗽、呻吟
一把年纪，压缩成一张小小床位
和床头名签

他的块头，曾经何其威严
从未想过会轰然倒下
他的名字，多么神圣
至今，我不敢读出它们

现在，他竟轻如一枚松针

落在病床之上

颤抖，也如落叶

我，止不住自己的诧异

站在窗前，目光

垂落于父亲之外的任何一处

无语之下，布满了回忆和疑惑

室内，安静得几乎爆炸

一朵洁白的身影，更换袋装输液

一双纤纤素手

似有若无，却给出了某种暗示

仿佛过去和未来

正于现在之中，发现了彼此纠缠的影子

并且，泪光闪闪

风声带雨，擦拭着窗子的明净

室内室外，时间已很深了

天空徐徐铺展开来

你从高铁下来，我握紧了你的手
温热中，接通了中断的时间

这样，就握住了
从岁月深处浮上来的二十岁，与旧日子
重逢，再不想松开

你，代表着旧日子最重要的部分
芬芳的气息，树荫与草坪
这无法命名的等待
犹如隆冬，迎来一场盛夏酣畅淋漓的雨

你的欢叫，我潮湿的眼，漂离了
脚下静静的站台，和四周
稚嫩的面孔，回到了最初的海滩

那片海滩确乎不见，船长
和蓝色合唱，隐约升起

天空，这海的替代物

从头顶之上的远处，徐徐铺展过来

澄澈如昨

郭力家

　　祖籍湖南湘潭茅塘冲。1958 年出生于吉林省长春市。1978 年考入东北师范大学中文系。吉林大学中文系名誉校友。诗歌《特种兵》1985 年发表在《关东文学》《诗选刊》，诗歌《远东男子》1986 发表在《作家》，并选入《共和国五十年诗选》。1987 年参加诗刊社第七届"青春诗会"，同年在《诗刊》上发表诗歌《再度孤独》《探监》《准现实主义》。现任时代文艺出版社总编辑。

特种兵
——《第一滴血》印象

房架弹簧门玻璃窗一齐轰然大笑
少女的大眼球半裸照噼里啪啦
摔得乱七八糟
泥土纷纷　子弹纷纷
厄运又派遣一个特种兵来
调戏厄运

杀死他们这些不为国民的国民警卫队
杀死直升飞机
谁也别怪我为什么
偏要在祖国本土
重建前沿阵地

什么阳光之州加利福尼亚
什么哥伦比亚特区
枪声才配统帅士兵前进
早就该抹掉这帮奶油灵魂
上帝啊
上帝扼杀一个孩子
简直像吃掉一块点心

而我是人心的特种部队

我是士兵里的特种兵

肌肉隆起的每一块化石里

都有我童年的梦大大方方

咧着开裆裤

有小巷树丛阴影下少女闭上眼睛

交出的爱情

有电影院有越南战争

流血了

用大号针自己缝上翻卷的血肉

缝上嘴唇以外

身上所有部位开放的笑容

特种兵

特种兵只有一个念头

到对手的身后去用

匕首捅响生命的最后一道门铃

捅响《纽约世界报》的头版新闻

占领高地

利用有利地形

展开《性战》丛林战最后宁可

独立作战也他妈的不交出子弹

第一滴血

第一滴血母亲就让我发觉

自己的哭声也是一个英雄

以后

以后总有人想偷走
我身上的骨头
以后总有人逼我
泪往上流

呜呜呜　呜呜呜
——只剩下我一个人了
一个人了
——我说汉子
你别他妈的一哭就像条狗

现在呵　到时候了　朋友
谁让我的生命不断给人让路
我就用手提式汤姆告诉你个清清楚楚
世界来不及把我当人看
我就把世界先变成一头野兽

过来亚马逊河你这瓶散装啤酒
帮我把两岸的教堂　方尖碑
连同传奇里的美国西部
全都塞进我的酒壶
再用星条旗国徽总统那小子的头颅
止住

止住我的第一滴血吧

像缝好上帝的伤口岁月的伤心事

或什么来不及发生的时代阴谋

特种兵

特种兵生来就是一场冲突

特种兵生来就是节奏以外的节奏

    特   特

特种兵   特种兵

    兵   兵

远东男子

血液让我忘了冬日临头

目光覆盖雪野

阵风苍茫得失去了归宿

差不多什么都走进了我的眼睛

就是无法察觉岁月如何寒冷

冰刃彻骨也不回头

远东男子

远东男子站起身就是一棵千年铁树

习惯了

以微笑轻嘘致命的酸楚

无数回寒流逆转

逼我黑发疯狂倒倾

三千里冰封

你要记住

我的名字忧伤得

什么也止不住

落木背叛我

像整个秋天像悠扬的情爱

解不开一个人的脚步

多么旷世孤独

妈妈用白发抚我醒来

孩子呵你到了一个人上路的时候

这时候身后

我不懂少女和城市为什么

纷纷飘进霓虹灯光中

再也捡不起一双眼睛配得上明了

他

为什么出走

远东男子

远东男子你要缩紧胸口

纵然收回了流亡的血泪

也算不上一次像样的复仇

泥土

泥土的沉默搅我骨骼错痛

早就懒得再等

任何一秒钟

走吧弟兄

与人生的较量里

除了你还有谁敢与
死亡为伍

见不得少年泪少年梦
父亲古老而颤抖的双手

扔出我双臂
石碑也龟裂得血水倒流
早就到了这样的时候
宁愿天下失去纷纷泥土
受不了地上没有铁骨英雄

远东男子
远东男子呵

轻抚你胸口岩石交错
时间才明白谁人在
断头台上先送掉了头颅

说过了用不着别人
目送我上路

是哪一刻的幽径温情种种
是哪一位女子为我泪水缤纷
叹一口气天就黑了

黑夜深深你
能不能载动
一叶流浪的孤舟

目光迎刃是为了
准备蔑视一个时刻
血泊轻旋逼人预感
绝地呼声迟早会传到千年以后

配我抚爱的除了你
还有哪双手
轻轻重重

远东男子
远东男子已经上路

穿一件漏风的旧衣衫
去吧就这样
从容人生

一个男子呵
在远东

再度孤独

又见秋叶寒枝树
又是孤舟启征程
青青子衿谁在唱
谁在唱
悠悠我心
再度孤独

记得不 风清清漫过所有时辰
时辰若雪片片低吟爱你恨你
问君知否
知否知否
情到深处人孤独
知否知否我们相情千载
却无一席相别处

那个没有明天的早晨
那幅没有面貌的天空
那些没有目光的眼睛
就是你生活的最后领土
所以

活着那会儿你用所有心思

保护自己的苦楚

死去以后你用所有疼爱

安抚我的面容

任由止不住的岁月刀斧凿错

也不曾有过一刻你

离开了我

是么

纵然雾起黄昏　　纵然雾起黄昏不再是你

衣履飘扬

啜饮月光不再有你的

芬芳入骨

纵然纵然纵然呵

曾经曾经借取了你太多的少年人泪

才慢慢擦亮了我的眼睛

我的眼睛亮了

你人却走了

冷雨落红传来最后一语

久违了

弟兄

这是世界上最冷的一句

多少个世纪过去了
我还没有感到什么是阳光

我记着一位少女的性命
旋即成了一笺遗嘱
逼人珍重

你让我亲眼目击是谁把
没有设防的心愿撕开一道血口
是谁把血口当作孩子们
非分的笑声
握住你的手你的手恳求我
去吧永远不减赴难的热情
忘却我
忘却自己的名字
然而不要辜负我的
一捧坟土

坟土青青
坟土青青是你为我
绝世不变的年龄
所有年龄都在杀人然而
我的情人是个勇士
她善于用死亡对付死亡
她懂得用爱情征服生命

她生来就是艺术

从头到脚都在反抗人生

干得漂亮我的好姐妹

现在你死了我就更要用心记住

不是少年人的忧伤

总是等于零

不是我们太过年轻

世界就可随便摆弄他们的姓名

不是你人去楼空物是人非两茫茫

我就真的允许你死去

不

我不习惯你这次出走

我拒绝接受你的死亡

因为因为还因为什么呢

在路上还是在你胸口上我真的

不敢细想

这事儿你死了以后心里当然更清楚

是不

又是灵台上设祭君日

又是孤舟启征程

相信今冬北国无从落雪

相信你眸底的思念

早已蔚然成冰

相信优美的生命

就是一曲无字的挽歌

时起时伏

相信你的黑发只能飘逝

谁也无法挽留

那么也请你记住

我的面孔

再度孤独

再度孤独

等我从山上下来

山路晃晃

等我从山上下来

山路越来越像小时候的摇篮

这一座秋天基本上天生就这么丰满

你爱不爱她你都是一道配菜

这一条山路有点儿心意已决的意思

人来人往的

她早习惯了

不紧不慢着坐享孤单

等我从山上下来

我的脚一直在问我

活着我又不是跟你比疼来的

你总把我整得这么难受干啥

嘿嘿

也对哈

想睡

想一丝一丝的睡去

想按秋天的态度毫不保留的睡去

想用山路的心情鱼贯而下着睡去……

等我从山上下来

这山和我想得也差不多

我们在时间的眼里只是不同姿势的

睡去……

我心里阳光不少

赶上这么一个完全彻底的秋天

你连一草一木都救不了

是不是所有的河水流到秋天

都像个犯了错误的孩子似的

你咋看她她都低着头

啥也不顾

只是一味往下流

在风里

一棵热烈的大树告诉我

天真就是风的路

嗯

这么多年不纯正的风气

把我的朗朗肺部搞的面目不清

让下一步的情人比秋天

还无路可寻

这城市连风都是带编码的

你落在哪儿都不自在

你的虚怀若谷让我着了迷

你的始乱终弃让我真有点儿混不起

秋天到了这份上

你还拿自己当个什么人呢

等我从山上下来

人们已风水大变

声音落满你眼睛每一个角落

声音挺可爱

眼睛挺可怜

自问的光

少年心头多乱象
于是如今怕看天

时候正好
自清自了

春天一直跟我神交心许
我跟春天一直相敬如宾
她一直跟我过得不言而喻
我一直也没拿她当过外人
她除了爱什么也不会
我除了爱也不懂什么道理
她来自天真做不了假
我天生诗意也没装过鬼
这个春天咋的了呢
是我有病了
还是这个春天
开始跟人类三心二意起来了

李占刚

本名李战刚。1963 年 1 月生于吉林省吉林市。1979 年考入东北师大政治系，1987 年读吉林大学哲学系进修研究生。80 年代初开始诗歌创作。著有诗集《四答灵魂》《独白》，散文集《奔向泰山》和学术专著《基金会准入与社会治理》等。百余首诗歌在《诗歌报》《诗刊》等刊物发表。现居上海。

四答灵魂

在没有英雄的年代
你渴望成为英雄
翻掌为雨
覆掌为云
这是第一鞭

在有英雄出没的夜晚
你常与诗句勾结
制造匕首和陷阱
谋杀情人
这是第二鞭

在英雄末路的瞬间
群狗狂吠
你以沉默欣赏并认为煞是好看
问题是你终于呼吸成狗状
这是第三鞭

在渴望英雄的年代
放弃渴望便是你的唯一选择

只能以诗句摧毁诗句

用灵魂拷打灵魂

这是英雄诞生前的最后一鞭

看苹果在一天之内缓缓烂掉

这是一颗很大很圆的果实

面部红润且充满光泽

它整个白天都端坐在我的面前

静静地逼我凝视

直到涎水沿着风光旖旎的一侧奔流而下

它的姿态很伟大

很容易令我想起那些思想烂漫的额头

在它转动身姿的时候

我尽量与它的角度和距离保持不变

只是在光线异常强烈时

让眼睛在窗外的绿树上歇息

大约也就在这个时候

它那饱满的根部开始沦陷

像婴儿的头颅沐浴在午后的阳光之中

接着就是扑鼻而来的腐香

透过玻璃弥漫于整个空间

这时我的创造欲极强

也极易想象当年雪莱是怎样写诗

怎样陶醉于苹果腐香之中

到了晚上

它在雪亮的月光中显得有点可疑
我竭力在越来越浓郁的腐香之中
唤起关于红润的知觉
唤起墙上那种熟悉而陌生的滴答声
但这时已经夜深人静

听历铭讲起一位多瑙河畔的德国姑娘

他沿着多瑙河左岸的绿地朝一条石椅走去

那里大约有两个人。一个在读书

另一个在遛狗

午后的阳光格外柔和，河水从他身边静静流过

一阵铃声，骑着山地车的少女朝黑头发的东方青年

"只是一笑"他只是看到了一双

蓝色的眼睛，绝对是蓝色的

她就轻轻地消失在多瑙河的下游

少女是抽象的，但美好却是具体的

"在弥留之际，她会作为一幅画面在我的眼前清晰闪过"

一年之内，他已是第二次向我提起这位姑娘

我相信，"她"和"存在"一样，都是真实的

在一个无所事事的下午想起俄罗斯

一个走南闯北的人

终于把家从腰带上解下，安顿在南方

他像李白那样散开长发

将写字比作弄舟

只是提笔忘言，扁舟搁浅在纸边，一动不动

近日总是阴雨连绵

记忆难免收起翅膀潜入潮湿的笔芯

而他的歌喉却一再失声

混合着楼下自由市场的叫卖声

被缓缓驶近的重型卡车载向远方

这个走南闯北的男人

顺着地图的赤道爬到北回归线以北

把精致的等高线还原为山河湖海

把淡黄色的辽阔国土

还原成白桦林，一队队庞大的军团从雾霭中开下山岗

顺着旧俄时代的铁轨，从纳霍德卡到圣彼得堡

视线冒着青烟缓缓停靠在贝加尔湖白色的岸礁上

他想起那次东方青年的孤身远行
借助主教摇摆的灯盏为远方的亲人祝福
旋即消失在冰雪覆盖的俄语之河

偶尔还想起卡丽娜和柳德米拉
普希金在她们金属般的堂音里铿锵作响
诗人，能生活在她们中间真好
李白就曾从她们辽阔的腹地驾舟而去
出没在烟波浩淼的爱情之中

他发誓从明年的元旦开始
继续在这块版图上狂奔，日出而行，日落而息
而今天首先是发呆
目光，从东到西
时光，从中午移至黄昏

那个下午
——致托马斯·特朗斯特罗姆 *

可爱的老头儿，诗已写完
你把自己抛出巢穴，不过
这次是向你的隐形雇主从容辞行

你在词中不断敲打，长方石
为北欧的冬天遮风挡雪
蒸馏咖啡加上你的诗句即可伴度长夜

还有，船，搁浅在波罗的海的暗礁
房门轻开，你坐在轮椅如同坐在王座上
著名的蓝房子，是诗的皇宫

你放下的笔，静静地躺在记忆里
阳光斜射在记忆的一角
那个下午，室内无边无际

灰色的船帆好像永远挂在墙上
有一种向北方以北的力
涌向你，你成为隐秘世界的另一个入口

夜如墨色，从东方向你涌来

在月亮的速度中有汉字和雪蝶飞舞的一角

一瞬间，我沐浴了你孩童般的笑容

那个午后的阳光，穿越四个年头

照彻在今日午后

上海的街已经樱花盛开，但这里的脸依旧密而不宣

那个午后的阳光，忽然落在你的诗集上

是的，我看到了你头顶上的那道巨光

你从最近的地方荣归故里。所以，没有悲伤

* 2011 年 9 月初，我在托马斯·特朗斯特罗姆家度过了一个诗意的下午。我赠给托马斯一幅字，上面抄录他的诗句："夜从东方 / 向西方涌来 / 以月亮的速度。"

清明

妈，在您还在的时候
清明只是个节日
不欢乐，但也没有悲伤
在您走了以后
清明变成了祭日
红月亮挂上柳树枝头，垂下泪痕

妈，在您还在的时候
花木常开，但绿叶茂盛无比
在您走了以后
花偶尔在一夜间怒放，对，就是怒放
怒放的花语是：爱和想念
它们今夜变回动词，绿叶茂盛无比

妈，在您还在的时候
青山像朱雀那样轻盈，飞翔在云间
在您走了以后
青山变成了卧佛，云变成了绿荫
松花江水闪闪发光
在您眼前浩荡流过，您可听到低回的歌唱

善解人意的纷纷雨水

打湿我的头发，打湿渴望生育的土地

妈，自从您走了以后

雨丝也能令我的发稍阵阵疼痛

千里之外，土地在一年年衰老

但我能听到雨打石碑的声音

这些雨水，从江北下到江南

自从您走了以后

红太阳总是在正午才徐徐升起

回故乡之路，总是来不及干爽就又被淋湿

我和被打湿翅膀的晨鸟一起

成为荒草中的一棵，成为丧巢之鸟

妈，在您还在的时候

清明是无数天中的一天，充满热度

在您走了以后

清明是一天中的无数个念头

它们失魂落魄，和我一样

迷失在太阳和月亮之间，渐渐变凉

张锋

上世纪 60 年代出生于内蒙古草原一个小村落，1981 年考入吉林大学中文系。现居于海南岛，著有诗集《献给孩子们的诗和远方》。

这个世纪的最后一天

这个世纪的最后一天
我开始走

夜里我一个人走路
天上还有两颗星
远处是一个村庄
一个窗口有灯光

敲门
里面有人问我是谁
我拒绝回答

敲他们的门
然后永远站在门外
等待奇迹出现

这个世纪的最后一天
后来
我砸了一扇门

你和一个陌生女人同时上厕所

一间公共厕所
旁边是一幢大厦。
你走进去
看见她从那幢大厦
走出来也走进去。
一墙之隔
你和他同时
退下裤子和裙子
两边便有声音
淅淅沥沥
你知道这有点儿无聊
可你情不自禁
让它滴滴答答的入诗。
你完了走出来
看见她也走了出来
她是不是有点脸红
你并不确定。

这是一片修炼过的海

三亚　我在海边小坐了一会
这是一处僻静的海滩

这是一片修炼过的海，平静如镜。
在它的面前 在一段船木上
我在它面前静静的坐着
什么也不想
什么也想不了

海的本质究竟是什么
上善若水 从善如流
海是所有善的聚集
还是人类有史以来
所有的泪水？

白日梦中的女神

白日做梦

梦中的女子

骄傲白皙

善良温柔

月亮般恬静

猫一般性感而隐秘

仿佛没有任何东西

可以明确地

引诱她打动她

她把隐秘的热情

藏得严严实实

她轻轻地对我说

"你在那儿坐一下

我去看看能给你拿点什么过来"

她从不说

荣华富贵之类的话

除了父母

她最爱平静和自由

这样的女神

如今有还是有

但吾等之辈

只有在白日梦中

得以一见。

鹿玲

1963 年 7 月出生于辽宁锦州。1981 年考入吉林大学中文系。曾任海南省作协专职副主席，兼任《天涯》杂志主编和省民间文艺家协会主席。2015 年 9 月病逝。

印象

坐看一只鸥鸟的栖息

波浪滚涌

蓝色声音涂满视野

大海永远骄傲地呈现

又为无人理解而忧戚地叠起

用柠檬的情态思忖夏天

当最初萤火的金芒日渐膨胀

像我透明的情感

太阳斜倚桅帆

轻巧地推进　你说出一句话

一粒纤柔的种子

藏入夜色枝头闪烁不定

涉过浪花

也就是浪花层层涉过沙岸

我的根须固定着世界

摇摆的钟声擦亮空间

伸出手掌

你曾允许我随意索取

你的声音
却为不可逾越的距离提供证据

哪一点是我船桨曾啄破时间
我诞生的印记
存在
并且以某种表情
碰撞你目光溅出轰鸣

涛声从白昼的尽头喧嚣而来
打湿了我黯哑的身影
时亏时盈

春日断想

你是年轻的树呵，从紧裹而坚韧的皮壳
爆出了属于你的带有血色的蓓蕾
还有嫩绿的手掌
去寻找蔚蓝的空间

失望，在希望的蓓蕾上脱落
脱落的还有春雨弹拨的清愁
蓬勃地开放吧
开一树洁白而火热的恋情
相伴而来，必有悠悠飘零的落英
每一棵年轻的树
举出标有七种旋律的花瓣
以灿烂的歌声涂抹这世界
涂抹浑圆而芬芳的花坛

是树，就飘得出跳动的绿焰
是花，就亮得出叮咚的果实
当无数星星缀满衰老而龟裂的枝干
我便是金橘透明的汁液中
甜蜜的清苦，关于萌芽的思念

丁宗皓

1964 年出生于辽宁本溪，1982 年考入吉林大学中文系。著有散文集《阳光照耀七奶》《乡邦札记》，评论集《细若游丝的传统》。主编《重估中国当代文学价值》《重估中国当代文学批评》《中国东北角之文化抗战》等多部图书。现任辽宁日报社总编辑、党委副书记、副社长，高级编辑。

告诉你，兄弟

是呀　兄弟

一切怎么还没过去

冷风又已经开始

兄弟

冬天

属于浪漫的女人　而欢呼

之后　就纷纷藏进

彩色的棉衣

兄弟　一页窗前

留下了你　墙壁沉默

兄弟

这个世界　怎么又有

一只手　冰冷地

放在你的额头　我们的

心和目光一起痛苦地颤栗呀

兄弟

告诉你

我的兄弟

道路出现之后

大山把它逼进峡谷

大河就成了它无言的

泪流　风过原野

却怎么吹不去寒冷的

时节　这是命运么

兄弟　命运到底是

什么呀　我的兄弟

第一次流泪

你平静如月下大海

沿太阳启航

一切都会变好　而又一次

兄弟　这一次

事实让我们的信仰

突然脆弱　大雨飘零

花瓣死去　有一阵抖动

就是一阵忧伤的暗示呀

兄弟

告诉你

我的兄弟

你有一个好看的背影

阳光或大雨里

它总是生动而又明丽

即使再丑恶的东西

也不敢向你靠近

狂风充满罪恶　也不敢

让美丽的蝴蝶无辜死去

我们这么容易相信

明朗的笑声背后

厄运头发般临近

如果第一次

我们不说什么

现在又该怎么说

我的兄弟

告诉你

我的兄弟

站在窗前的姿势

还和往日一样善良

来到这个世界

只有和石子一样小的愿望

该得到什么

就得到什么　我们是

世界上最简单的人

只想获得最简单的权力

失去了那么多了

还要有什么将要失去

兄弟　洪荒上演

悲哀像归雁掠过双眼

这块天空总是跟善良人过不去

无数次　我要告诉你

不该像从前一样

我的生命竟有如此无力的

警示　可说出这样

一句话　要先流多少泪水

我的兄弟呀

兄弟

告诉你

我的兄弟

沉重将季节般如期而至

可柔弱肩头

你要扛起多少东西

因为你　我要和你

站在一起

你哭几回　我的心

就哭几次　兄弟

你要明白　就不要相信

前面　许多美好的
东西
只能发生在过去

告诉你
我的兄弟

兄弟
不会有了
不会有太阳把你的
悲绪轻轻揩去
不再善良
厄运就不再是厄运
兄弟　即使我告诉你了
你也不会这样
烂去龙骨　驳船依然
热爱大船　而海
又在哪里
你又将如何　兄弟
我的兄弟
兄弟
你说话你

野舟

　　原名刘奇华，安徽宿松人。1983 年考入吉林大学电子系。先后在科学出版社、国务院新闻办五洲传播中心任职，并出任美国熊猫电视台总编缉。其主要诗歌作品集结于诗集《审判东方》《世纪四》《尺度》《中国先锋派诗人四十家》等诗集之中，著有诗集《复述》等多部。

审判东方

黄昏逃往荒原　它可以自尽

要痛饮就痛饮好了　钟声

仅为糖醋灯盏哭泣　并且

你的歌唱殷勤地醉倒在橄榄枝

　　它们在坟场约会

它们像虫卵像火石

它们像打哑语的江声　把岛留给太太

月亮追赶你　亲昵地称你兄弟你们决斗

　　如果爱从此是流弹呢　是阵痛

一睡醒就贪吃骚乱　鼠皮手套

　　土豆汁佐夏天的帘后一张温驯脸

在神龛挂毯打盹的时候

第二支曲子荒凉的曲子你一度骄横过

一只丘地的火腿上你走了并打算走回来

隐约有风骑在地窖瓦房的封皮祭祀你

　　如果真有罪过　雪茄　雪茄和雪茄

　　烧了冬天白胖的夜景

如果灯脱下三楼外套　你等候童年

来访　他还在山脚　也许还英勇还愚顽

嘴里还淌着些肉色雷声　还有雨

你是牧歌里不眨眼不感性的句子

头支紧木杖　听说

　　这些天非得有顶纸帽

　　和天气合伙说笑

偶尔肃静

当月亮咀嚼着干草

——致叶赛宁

坐在城市的灯火里

我的颤抖无节拍地闪烁

抚摩着夜空谢尔盖·叶赛宁

我们共同的友人

　　　是那三颗星星的遗容

只能在每个季节的情感之外

逐渐熟悉你的愿望

叶赛宁的矢车菊每天都在生长

而被取消的祭典上

我的奇迹一直是

　　　站立在你忧伤的瞳孔

　　　与叶赛宁不听话的卷发之间

我听见夜莺自桦树林飞远了

夜莺得到了歌声

当月亮咀嚼着

　　　俄罗斯的干草

小伙子叶赛宁

你不愿得到什么

夜仍然埋伏在

你那枚月亮的道路上
叶赛宁最初是天空
　　一点透明的泪滴
后来是天空里
　　一条僻静的泪痕

他们抒情的精灵　哭诉着
一板一眼地把心灵变成尘埃
你的荒凉落到了草原
在大地这张无与伦比的大嘴上
叶赛宁回头凝视自己
　　青铜般的伤口
我怀着洁白的敬意
　　这比死亡走得更远的目光
仰望俄罗斯教堂的圆顶上
我无法逃避的叶赛宁
最终如同一朵桦树的白绒花
　　用自己的全身微笑

生命作息

如果他揭开古堡的一片瓦楞

黑暗与秘密一同消失　或者

按照古埃及人的性格复活

在他涂抹香料的沉睡中

大自然渴望见到第一个季节

无涯的雪原掩埋了他的手掌

渴望听到他的婴儿

锁入一座冰雹之城

远离霹雳和漆树

不绝如雨的乳汁

他的第一个恋人已被阳光燃烧

灰烬中的凤凰鸟　用翅膀

美化他的髯须

但从未使用自己的双脚

走向尘世的末端

睡在他栽种的漆树

　　无瑕的树皮上

他的夜晚　致力于情感

五彩缤纷的邪恶

使遥远的星辰回到自己的光芒里

一个沮丧的长者诞生了星外之星

他的骨头冷艳而一致

点缀着空夜

他的指骨铿锵地弹奏着古堡

芳香的尼罗河水

穿行于沙漠与晨光之间

叶子的历程

他出生在那个枝头

他组成榆树的天空

以后看见过风的枝条

和夜行的人

从一个家庭到每个家庭

他的大袍下

人类的脉搏汹涌奔腾

一对蚂蚁用他们辛酸的小嘴

抬起自己的兄弟步行

一只蚂蚁的葬礼如此肃穆

他从那些黑色无话可说的嘴尖

给予夏天一个秋天

一小片白云镶嵌的蓝天

他的归宿与母语

一片中年的叶子依着青墙

他想谛听什么

轿夫抬去一个忧郁的新娘

一个弃妇从她的一生中

缓缓归来

他的说着乡音的雷声

一直奔向天穹

他古铜色的全身落下来

一阵陨石雨

仿佛巨大冬天的隐喻

当他凝望流云

他的余生

珍惜了一朵腊梅花

丝绸、雾和一次轻唱

海伦：我从未去过特洛伊
　　那是一个幻影

一

那已经到达的是东方的恋人
第一对恋人行在原野上
从洪水的宫殿跳入树荫
一个太阳手抓磁石
一个月亮坦露胸脯
地上第一缕炊烟，那该是
　　　你的名：丝——绸

第一个村庄，太阳搬石砌屋
捧起火种像凝视镜子
第一张脸庞粗糙，注定被祭奠
被熊撕烂的平原，放出羊的鬼魂
第一次清晨，月亮沐浴池水
肌肤刚刚诞生，如此安宁
如此安宁像水底的丝绸

二

谁会说出那些颤栗。多么壮丽呵
第一声颤栗，闪电的，光的
一直沉寂的颤栗。受孕的颤栗
护符在颈项间的颤栗。歌与哭的
颤栗。大地充满精灵和母牛
一朵蔷薇为冰雹击中的颤栗
村庄饿殍目睹自己容貌的
孤独的颤栗，磨亮她乳房
流出白奶的河。两只白鸽
扇动我原野受难的微风，未来的颤栗
吐出四月雾般丝绸。多么壮丽呵

三

都带走吧。一枚嫩叶
还有婴儿的遗冠
被你喻示的贞节和黄昏
还有九支歌，虚幻的黑眼睛
都带走吧。一只野豹
和夕光中的等候
忧伤的大葵花和筝
等我的心，东方点过白雪灯

四

那已经糜烂的是部族的姓氏
第一缕白丝仍在原野上
骷髅地，我变为萤火是想
寻回一双唇的光荣，诱惑的深谷
我轻唱你是想祝福那小头颅
第一次摆动，放弃了声音
　　　地抚弄她全身的竖琴

地抚弄世界之雾里的孩子
叙利亚，蓝眼的爱琴海，希腊
第一个仪式，海伦和萨福
升入恒星的丝绸，比魂灵更长
第一支哀歌，献给种火的手，
接着献给五月之水，秘密的女儿
雨神带不走的，诗人将深藏

镜子里

我的左边是雨夜　而
我的一生都在别的方向
但不在柏树林　残破的雕像
流不出与我同样无味的泪滴

不是那么多美妙的目光踏过
我的肩膀自始至终洁白
撒满了鸽粪
辉煌的时刻酷似雪片

那些秋天已成为同一种泥泞
落叶从未高过
自己的回声
落日已经穿过雨帘
我问一张纸片吹起的微风
一双手臂怎样挽留

而那个走在广场的侏儒
我的青春就在他身上
像每个从童年向后生长的人

我们一起热爱着雷声

闪电会使我们感动

最终想起镜子里人的一瞬

高 唐

实名李富根，江西鹰潭龙虎山中人。1983 年考入吉林大学中文系汉语言文学专业。在校期间于《青年诗人》《诗神》《关东文学》等刊物发表十余首诗作，作品散见于《我悠悠的世界》《校园诗人》等大学生诗集。担任吉林大学《北极星》诗社社长和《北极星》杂志主编期间，与丁宗皓、野舟、杜占明等策划推出了诗集《审判东方》和诗歌报《世界四》。

泉
——兼作自画像

从山之心生

千年万年的　苦修

风霜雨雪的　哺乳

才有这上上下下

天使一般　精灵一样的

光环

甚至　一声幽梦的呼吸

都成空谷中的兰花

都有散不尽的仙风

难怪冷漠的顽石

也要走进　你的深情

醉入那依依的透明中

洗却沧桑的青苔

隐士僧侣纷纷出尘结庐的时候

你　偏偏起了个下凡入世的念头

于是你的高洁脆弱

注定了　你要在悬崖的算计中

跌得这样惨

瀑布远比黄昏的落日悲壮

听

那轰然的巨响溅起的飞花

簇簇

仿佛　沉甸的叹息

而叹息过后

那一片清白

还要失踪于河床的混浊

蝶之启示录

我还在梦床的时候

那只蝶

自窗口美丽地进屋

又美丽地栖在我的发上

我开始明白

每个人都有一种香味

看着那只蝶

在我的发上　　起落

猎人的血液　　流向

每一道毛孔

我打主意

我的手脚一直惹是生非

蝶　　也有翅膀

也有退路

受惊之后

蝶　　从大门

更美丽地飞出

留下我　　空空洞洞

很多年

我东奔西波

走南闯北

身与心都沾满尘土

而行囊依旧干瘪

今天　我把余生

结庐在山顶　水畔

渔灯的文字

流泉的声音

石头的沉默　还有

隐士的栅栏废墟

庙宇丢失的香火

骑马找马的曲径

都说

我几十个春秋

只是空玩了一场游戏

生存中总有美好的事情

只有黄昏　夕阳落在西山的树梢上
像我床畔的艺术灯
以我最喜欢的　容颜
缓缓地　从眼睛抚摸向心灵
像我爱人的浅笑
淡淡且忧郁　笼罩我
从手指流淌进思想
音乐四起　黄昏
把我浸入夏天的水里
清清的涟漪　风舞动的衣袖
静是一种温馨的境界　还有回首
我感激
活着真好
生存中总有美好的事情
像礼物
像朋友
像家
我逃开死　我为泪滴惭愧
我想　呼吸的文章
应该尽量避免跑题

或者　败笔

我看见冰镇过的冷饮倾斜在嘴唇
我看见街道开始自然空调
我看见沙滩飘满了万国旗似的泳衣
我看见啤酒的白沫打湿了庭院的餐桌
我看见裙裾轻舞　仿佛一簇簇真实的梦
我看见六月的倩影
我看见苦海里　幸福的又一朵浪花

也是闲云也是野鹤

白天总算走了
我出门再也不是漂泊
听风斋这会儿关在背后
避难所过期了

城市轰鸣的潮现在退了
大街换上的清风
可以当作香茶一样独品
随便坐进一处草坪
静思是一丛空谷幽兰
看月光倾下一挂瀑布
看路灯在临风的树林闪成萤火
看左右偶尔跑过的车子
然后酌一壶温酒

谁说从前回不去
看天上的闲云
看
自己形同野鹤
田园从来就没有失落过

曲枫

    1967 年出生于辽宁。1983 年考入吉林大学历史系考古专业。吉林大学《北极星》诗社核心成员。诗作、文学评论见于《诗潮》《当代作家评论》等。考古学家、人类学家，爱斯基摩学与极地考古人类学的中国创始人。荷兰莱顿大学考古学硕士，美国阿拉斯加大学人类学博士。现居住于美国阿拉斯加。

手要用水洗

手要用水洗

不是那样晃动着华丽辞藻的水

不是那样滑落着的颤抖着的水

也不是海水、江水、湖泊的水

也不是为星光所寻觅的为流风所忽略的水

眼睛要用水洗

凡是从秋天里来的，从高处来的

凡是眼睛能够看见的，天空中的或地上的水

都是目光洗涤过的

那被草场所覆盖的，被浓绿所覆盖的

都要像羔羊一样沉默无语

那被目光所洗涤的

必将随波浪远去

风景要用水洗

一场意义的雨所不能解释的

一些泪和光芒的诗行、墨痕

这些让我们刻骨铭心的不能释怀的事情

都要用风景来将它们轻轻浣洗

不是那样婉约的女子，也不是歌

豪放的鼓舞的歌

风帆啊！谁将怎样吹动你

如同怜悯的嘴试图吹凉一颗滚烫的不可救药的心

爱要用水洗

要用夏天的果子里的水，要用冬天的牛奶和羊奶里的水

因为那里有怜悯的盐

是伤口所需要的

水要用水洗

那试图用遗忘来象征水的

那试图在水中涉水而过的人啊

要洗净云里的水和水里的水

要摇响声音如同摇响沉睡的秋天的心

如同摇响那被风吻过的

土地和人

萨满主义幻像（二首）

三十七号病人

三十七号病人的病不是假装的魅。

病来自尘土，所以必须疼痛。流着罪人的血液，

我们都是无辜的。流着幸存的眼泪，

在高卢流离失所，在北爱尔兰的风琴声中腐朽。

河流爬过阿尔卑斯山顶，越过年轻的湖泊和瑞士的彼拉多
    山峰，

经过亚当和夏娃的树，像孔丘或丧家犬一样落寞，

像是丢失了华丽辞藻的意识流作家一样不堪一击。

一只脚不能同时在两条河里，但一个人可以。

一棵大树至死不肯移动家园，可它的树叶可以随心所欲。

很多年，病人缔造神话，医生熄灭神话。很多年，

冰生水，水生土，土生万物。

然后，万物万劫不复。

然后，生命中的轻都幻化成了亚述帝国的荡妇，

蜷曲着身子，荡起双桨，唱着妖歌，顺流下到百慕大的黑
    色涟漪里。

等到我的劳力士金表吐出莲花，

等到我的肺填满煤粉，

等到我的宣言浸满杜松子一样香甜的大麻汁，

等到导演让我再次扮演尸女，

等到春天哭出了夏天，夏天在惊恐中向远方的荒野高呼着

　　冬天万岁，

我们剩下的就是这个冬天。然后又是春天，

一只鸭子沿着河道行走，说：

从来就没有什么救世主，

只有吗哪和鱼。

愚公的萨满之歌

三座大山，猛于虎也，

横亘在肉体的花园里，挡住了通往高处的路。

麦加的夜，比咖啡还浓。朝圣者相互践踏着，

像刚离水时网里的鱼。

必须携金带银、掘土挖坑地逃离，必须裸身逃往地心，

那些引力的源，那些痛苦浆液的深处。

在一根羽毛之下，在一枚手鼓之下，

阿拉斯加的冰川碎成了水晶的夜，贝加尔的湖水碎成了玻

　　璃渣子，

一个白胡子老头

挥动着雪片一样薄弱的小锹，在自己的胸腔里挣扎，

拼着性命，汗水淹没了膀胱。

我看见乱花和碎瓷击碎了金牛偶像，

我看见深井中那一千张"森林之王"绝望的脸。

邪恶的花快乐地开着，纯粹如雪，漫天芬芳。

星期天，在玻利维亚高原的一个小镇，

教堂的钟声有些迟疑地响起，仿佛一枚旧石器的心脏

在停滞了十千年后又开始跳动。

大西洋的热风吹动着斯通亨治，

那些流着荒诞无稽眼泪的巨人，

那些逃离了硫磺之火的盐柱，那些原罪之国的移民。

我的手掌不懂手语，在春天有计划地不开花，

我的语言平原落下了成堆的树叶，被幻觉的猫科动物大口

    大口地吞噬。

我的罪本来深如极地的油井，何时如飞鸟一样释放。

站立在一只小公蚁的背上，老人挥霍着他最后的唯物的时光。

胡子编制的篮筐、丝绸的盛宴、金属的湖泊，

在十月的残月下跳着跛足的舞蹈。

杜占明

　　辽宁绥中人。1984 年考入吉林大学中文系。毕业后曾在人民邮电出版社工作。主编《儒佛道百科辞典》《中国古训辞典》《我悠悠的世界》(诗歌合集)《中华孝道丛书》《中国历代帝王杀人史话》等图书。1998 年辞职下海，创办若干小企业至今。

火锅

一块铜浴火而生

闪烁着纯粹的光芒

铜在工匠的贪婪中呻吟

扭曲成无数的锅具

锅具却把火深深地埋进心里

欲望让人们从史书中走出来

围坐在火锅的周围

觥筹交错，

火锅把水变成滚烫的眼泪

把牛羊变成美味，任人饕餮

臣刘贺，一位下岗皇帝

陪着十几位妻妾

一边吃着火锅一边唱着歌

比爷爷的晚年更凄切

朕刘禅，四十年的帝王任期已满

围着火锅，又麻又辣

乐不思蜀把妹言欢

一代枭雄曹操的孙子

刚放下酒杯

身为皇帝竟敢举旗造反

可怜这些皇帝的子孙

把造反有理的思想

身体力行了两千多年

后周柴氏的年夜

火锅刚刚点燃

赵检点被龙袍裹着

郑重其事地坐在了火锅旁边

大口喝酒大块吃肉

喝一杯酒收回一支兵权

就这样

火锅革牛羊的命

农民革了土地的命

军阀革了农民的命

几千年了

沸腾的锅里

散发着草的青涩

和牛羊反刍的声音

声音趁着月色变成一声声叹息

随着升腾的雾气

集聚到草原的上空

雨一样的落下

辽阔的草原上

年复一年

风吹草低见牛羊

空椅子

那年秋季

天地晦茫

树叶满天飞舞

遮天蔽日

人们逐叶而居

踯躅地迈着左脚

人群中

你吃力地擦着眼睛

抬起了右腿

那年夏季

阴阳反背

太阳狼烟四起

拒绝照耀生命

你离开卑鄙的河流

迈出右脚

企图越过谎言的群山

揭开这个阴谋

山上的蝴蝶纷纷变茧

蔑视飞翔

你迈出右脚时
发出一种异样的声音
震耳欲聋
你每挪一步草木伏地
纠缠鹊起

巡山的大王认为
你是个淘气的孩子
迷路了饿了
想动他们的奶酪蛋糕
权利名誉和女人

那年冬季
淫雨霏霏
铁窗扭曲成蝶
飞进厄梦
打磨你的肉体
偷窥你的灵魂
你肝肠寸断
用疲惫的生命
捍卫着正义的尊严

我们送你一把椅子
你的身体和思想都需要

停靠和休息

可它一直空着

它装饰着卡尔的磨难

和纳尔逊的光荣

它光芒普照，雄视天下

可它一直空着

我们能做的

就是拒绝魔鬼的觊觎

如今你选择了大海

一个比陆地更广阔的世界

你的敌人却

因此变得卑微和渺小

你让我们替你活着

这是本世纪最冗长的悲剧

羞耻与愤怒

让我们无地自容

让后人情何以堪

让后人的后人欲哭无泪

好歹春秋可以定制

好歹海有多深山有多高

在你抵达海底的时候

同时也就升起了一座山碑

嚎叫

看不懂看不惯的很多人很多事
都逼我有一种想法
把每一个夜晚的落魄
变成嚎叫
挂起来，挂在太阳底下

这世道
真话究竟是用完了
还是没人敢讲
这年轻的滋味
为什么竟
让人不他妈的舒畅

告诉我什么时候才能熬过
这些狗日的创伤

我年轻
我有一肚子的话要讲
我年轻
我有用不尽的精力要释放

我年轻，所以
我有权没钱，有钱没权
也有权没有经验

但我并非一无所有
我有硕大无朋的精神
我有任人蔑视、奴役的经历
我有一张不高兴的脸
上面醒目地写着
我不满意
上面如实地写着我鄙视你

然而
命运就像一个牧羊人
握着一条无所不及的皮鞭

让每一种逃避
都注释着我的过错
让每一次选择都来不及
用我年轻的执着

我也不明白
干嘛要冲这无聊的人生叫卖我的孤单

以如此低的价格

让别人的歌声

唱出我对你的那份怜爱

让别人的勇敢表达我对你的那份羞涩

恨只恨前人不曾这样爱过

恨只恨你死活不肯懂我

恨只恨你需要的除了我

别人也能给你

恨只恨我需要的除了你没人能给得了我

我觉得爱你更合我的胃口

更对我的脾气

请你把每一个夜晚

用结实的世俗打包给我。

我说过

每次路过情场，总想碰碰运气的那个人

不是我

伐柯

　　本名徐远翔。1969 年出生于湖北红安。1987 年考入吉林大学考古系。曾于 1990 年创办民间大学生诗刊《边缘》。有诗歌入选《超越世纪——当代中国先锋派诗人四十家》《最新当代大学生诗选》等。发表中短篇小说《水竹盛开》《血荒》，剧本《热血天歌》《陈赓大将》等。曾任阿里巴巴影业集团公司副总裁。

圣诞之手

一株米兰花在雪地主持的葬礼
收藏你所有站立不动的姿势

我是经年卜居的歌手
跌坐在众生逃亡的岸上
隔河观望你掌心的温度
我已经习惯用这种方式
送你的手回家

穿过一生的雪
我终将沿途丢失朋友
面对一场深入内心的雪
我忽然低下头去
远方空谷的鸟声
以我同样的感动
翻阅着炉火旁纷至的信札
沿途丢失的朋友
寂寞地浮出水面

现在我所能触摸到的事物

越来越少

在这样彻骨的深夜

除了你连心的十指

以及天空下洁白的葬礼

谁还能将这样精致的肌肤

从河流注入河流

从一个朝代到另一个朝代

默默传递到我日益稀薄的睡眠

当你老的时候

你优秀而动荡的指纹不再鲜艳

请从墙上取下这部诗歌

就像抖落一生的雪

就像轻轻地拿走

足以洗净一生的灾难

一只猫深夜陪主人打牌

一只猫深夜陪主人打牌

它的双肩

所能承受的全部黑暗

比一滴烛光更加虚弱

比一束民歌，更能触动和擦亮

一部森严的法典

是他们，赐予我高秋满室的风声

它的高贵，和城市一样

令我坚持和终结

并且深谙，只需一屡最淡的体香

或者耗尽嘴中一枚最轻的词

就足以从玩牌者远方的毛发中

垂钓到葬送一生的幸福

雪地的爱人抽身而去

关上门，世界竟小于一粒古人的骰子

它环绕着那漆黑的城，风的脚

轻轻地说出了这样的言辞：

"如果名家的言论使你们畏缩，

请直接师法大自然！"

我是世界一枚小小的骰子
用怀旧的力量倾听，雪落空山
以及被拒绝在门外的世界
用抛向半空的目光
迫使我邻近的诗歌
在一只猫的注视下
缓缓加深睡眠

一只猫深夜陪主人打牌
仰卧在它反面的整个冬天
比一只冬末的老蝴蝶
更加懂得如何安详地去死
比我曲折的指向，更为努力地张望
一场雪地垂死的爱情

山南的雪

这是致命的长夜
难眠者在杂乱的记忆中奔命
上帝却想把所有的盐运往远东
去制造一场更重要的大雪

今夜，那一缕山南的鹅毛
反复击打着夜行者的哀伤
这朵雪一样的亡花
究竟飘荡了十年，五十年，还是八百年
像天书一样，温顺地将我覆盖和掩埋

在雅砻河的最深处
我清晰地目击到一只翻越掌心的燕子
在远远地围观冰川背后的风景
云端上的雍布拉康，青稞和酥油浇灌出的秋天
或者那些奔走的僧侣

这一切都与她无关
她只是在安静地等待一场大雪
来温暖她伤心的羽毛

以及冰川之上，可以栖居的一片森林
哪怕只有一段枯萎的树枝

十年，或者五十年以后
那年山南的雪，已经栖居在我的内心
就像那些僧侣遗失在雅砻河的乡愁
在灵魂最深处侵蚀我奔流的血管
钙化成呼吸粗重的盐
被驱赶着，去酿造另一场远东的暴雪

可是，我分明清楚地触摸到
那只被冰川洗净的燕子，眼含泪水
就像古代诗人笔端卷起的千堆雪
在半梦半醒之间
痛楚地渴望一次命名
并且唤醒我的忧伤

敦煌

不要轻易地抵达
一年死去一次的敦煌
那只是一次幻影，一种小小的命运
收殓我一生十二次盛开的月亮

敦煌，弓箭放弃射手
盾牌熄灭号角
生还的马队和驼铃
血战黄沙
马蹄深处，归来我西行的公主
楼兰的新娘

一滴血从敦煌飘下来
一滴血杂乱地打湿我的诗章
从更加深远的宋朝和西部
散发出垂死的气息
照耀深秋最美丽的奔命与逃亡

敦煌，我唯一能操持的文字
是灯塔和风沙下的新娘

臣服的舞者和歌人

盲目地委身于婚纱和庆典

而家园迫近杀戮

爱情倾向于血腥

远客鸣沙，列满王公长跪的香气

而我唯一能复活的肖像

是我满身灰烬的新娘

风行于战火，围困于核心的敦煌

我唯一能灭亡的

是那些埋葬经典的死者的名字

一位大师的沉默

和空无一人的葬礼

敦煌，玉和月光

兽与王族的后裔

女人和水

通向天堂之路的氏族

列队来到天的尽头

使痴者唯一的毛发和肌肤

在永劫迷途的尘沙里

风干一万次

丝绸和信物结成的等待

敦煌，除了女人　还有什么值得拥戴

除了背叛一生的一段河流

谁还能洞悉万卷经书　和真正的典籍

洞悉你幻灭的宝藏

不过是一尾存活于手掌的鱼

使更多西去大漠的新娘

在黄沙中　迷失唯一的嫁妆

和唯一的方向

我，从未去过敦煌，那只是一次幻影

一口未续的陷阱

诱惑我今夜盛开的十二只月亮

亡花

谁，同那些带花的人一起
影子样从窗前掠过，爬行
在昏黄的街景里蠕动，伸张

而日晷已倾斜，花园已经廖寂
灰烬已潜藏于黑暗的内心
归家的人，饮泣的风
在春色中已经颓败
年迈的信使在花丛中洗手
时间在暮色中穿过广场

这些人，由我作证。

秦

暗夜我所能动摇的雪

渗透一个女人的姓氏和睫毛

在披满阳光的山谷之阳

要求瓦解和显现

这光焰所伤的色彩

日益为天使的旗幡所围困，所关押

迫使一个女人造就生命之水

为我逼人的血气而殇

击败那隐忍而慈善的黑发

我卑微的词，要求在黄金中冻结

在雪地，要求苦难之翼

改变你在谷底　倾国倾城的黑暗

没有疾病的死，是仰卧而完整的死

在密布澄澈之光的天宇下

生命的碎片迫近指端

勒令我们交出千年最后的歌唱

在灵魂各自落入回声之手时

为永久的姓氏赶制墓地

柴国斌

1967 年出生于吉林省辉南县。1986 年考入吉林大学环境科学系。2003 年移民加拿大。毕业至今，一直从事污水处理工作。

旧照

谁在寒冷的夜晚翻阅

逝去的一切　包括幻想的能力

谁将与苦难为伍

让人无缘由痛哭的清晨和

整个一生

还有村庄和麦子　血与水

爱与死亡

双手举起的照片

能否把灾难性的童年通过诗歌

传递到现在

我在此刻随从血液流动和返回

感到伤痛和压力　感到时间的冰冷

我伸出的视力能触摸到

粗糙的童年吗

忧伤透明　苦难透明

隔着眼皮　旗手在唱

苍凉的歌谣

像真正的哲人

我静坐在旗手身旁吹着牧笛

有谁闻笛起舞　闻歌而蹈
我惋惜
有谁闻声而流泪呢

老了的时候知道读诗是好的
有诗人为友是好的
眼泪是好的泪如伤口
血如水　水和诗一样
是一切中最好的

秋天及之后

秋天在你的设置下
记忆收敛，果实垂落
田野退缩，几乎到了尽头

把话语叠了三叠
把刺耳的杂音丢进了垃圾筒
趁天色尚好
把旧稿洗涤，熨烫，晾晒
收进空空的皮囊

我……
一个支支吾吾的人
在时间面前
有口难言

你既不回答
也不驳斥
任默祷灰尘般散去
而我只能满面尘土
掉转口舌和面貌
走在通向自己的路上

辗转反侧的人

辗转，不过是试图找一个幻觉的态度
不再去耕种云中的一亩三分事
不再惦念他人的瓦上飞，高处不胜寒的神灵
彼处的丰盛和此生的债务

但我会默念你。这会给我
带来与你共枕眠的睡意
"我热爱事物，我不孤单"
但我爱不过来，只聚焦你，足矣。

在耳畔雨成霜，霜成雪
雪成水涓涓流
月亮又残缺了
月亮又圆满了

辗转反侧的人最难将息
这日夜周转的嘀嗒嗒
突然，在满身的夜色中
一只蝴蝶披着保温的乡愁站在你的微笑里

十年后

夜晚，我要像湖水仰望
也要像湖水沉下
只把明亮的面映给你

而风，独自穿过虚无的海关
十年后，我又想起了
尤利西斯

时光落差
纬度和烈度无法聚焦
一个患有怀旧欠缺症的慢镜头

马波

1970 年生，四川仁寿人。1988 年入吉林大学法学院经济法专业学习。后赴英国南卡斯特大学攻读 MBA 学位，回国后任长春大成集团进出口公司董事长。2012 年 3 月因心脏病逝于长春。

马波的二十行诗

秋天

低下头去，风雨渐稠
目中的草莓纷纷跌落
宿命的死亡，几乎不是死。
形成坠入金黄的秋天
时光的深渊之上，一粒草莓
承受收获的痛楚。

如此多的生灵迷于其间
伸出的触须困顿不解
被淡化，被遗忘
拒绝仪式与幻想。
唯有饥饿，你我的饥饿
使一幅秋天的肖像
和平而又仁慈。

谁，轻轻翻开亡灵们的典籍
还可以出入自由？
谁，在空间之外看见永恒的言辞

而不会缄默一生？
所爱之物，一次失败。一首诗
仅仅一个人的企图。

黄昏

天色暧昧，丛生出
阴郁的虚指和幻象
我，退守者
要梦见一幅黄昏的场景。
飘忽的目光影射混沌的四壁
在疲劳中使之简明和次序
使之现实和细节。

一缕缕光线转折
清晰地洗濯幻影
我看见一张隐形的面孔
轻微的呼吸使黄昏中的事物颤栗
沿袭梦所规定的程序
事物脱离了阴影
渐趋透彻
让我继续梦寐，无拘无束
享受你们供奉的果品
虔诚而且迷信，
我，一个做梦的神祇

一幅黄昏中变异的场景

一张正在实现的面孔。

河流

可以触摸的河流，水里的死亡

我与生俱来的恐惧

同时完成了开始和结束

如一枚玫瑰在贫血中被遗失。

流动的水，洁净的文字

而今已是缄默的歌唱

在我的骨髓里繁衍和消逝。

是谁的手指，阅读我粗糙的皮肤？

宁静的秋夜，在河流和黑暗上倾听

幸福从树上坠落并出现

它的闪光，令谁激动不已？

是谁的注视，透过河流

抚摸古代丝绸忧郁的喟叹？

在它的背影中，齿轮光泽清冷。

河流如此少的时代

我们在哪儿吮吸和洗濯？

古代河流的高贵

足以葬送你卑微的幸福。

纸上的河流，是否可以轻轻撕去

如同旧日的爱情和诗稿？

阳光

我所看得见的死亡和黑暗

以及一切事物的本质

在最后的阳光之中

闪耀和折断。

我曾经擦亮的火焰

经由记忆

逐渐衰老，瘦弱。

黎明前，我的舞蹈和思维

弥漫于天空

与万物的灵魂

一起发出光芒，发出声音。

而是阳光

美好的光，残忍的光

使我的语言变得恍惚

正午的阳光，它的热量，它的光明

万物自身温暖而透明。

正午阳光的强大

足以改变飞鸟的速度和方向。

我闭上眼睛

试图更好地理解阳光。

夏天的态度

妇女解放运动说来就来

尾随温度蠢蠢欲动

运动初期

大街小巷飘满标语和裙子

世风每况愈上

某人零星眩晕

靠几本古籍线装书的功夫

苦苦撑起脸色

对夏天和运动强作欢颜击节叫好

一阵冲突之后

形势变得简单

掉下了一些领子、袖口和裙摆

气温急速上升

运动已经发展到高潮

城市向巴黎方向发展

女人和裙子直接流成塞纳河

色彩和脂粉刹不住脚

一泻三万里而入英吉利海峡

两岸的群众无比幸福

某人全面辛酸

物极必反，高温产生雨水
雨水产生秋天的企图
秋天不好，女人纷纷苍老
私下里席卷所有的标语和宣传
带着隐私和差点解除的婚约继续嫁人
隐姓埋名学做良家妇女
青年一代开始在街道拐角正常恋爱
小孩们视力不好
不看见这场运动，也不怀旧

兰 继 业

1971年出生于黑龙江省阿城市。1988年考入吉林大学中文系，多年从事媒体工作。现供职于《黑龙江日报》。

游戏组曲

赤色要塞

轰隆

又是一位偶像尝到了碎裂的苦头

举首向后

跟铁甲一起

从眼神攻打到内心

而此刻她的内心正朝向温柔的远景

拾阶而上

仿佛粉红的衣裙正在散开

裸露柔嫩的肩膀和手脚

轻微的触摸也像一阵凶猛的炮击

这正是她

沿途挽救了诸位

又掠去尖锐的思想

这也是她

不知发觉了什么

试着微笑

甚至向局外的你急急扑来

形如逃窜

魂斗罗

魂，也是英雄的错愕

这斗士　他想要反悔

又把兵刃——罗列

这消亡　一遍又一遍

这错愕　在舌的两翼扭转

舌的两翼　这情欲

反复爆裂　苦心

消隐的火焰终于消隐

道路　亦裹挟着道路上的凝思

虚掷的威仪

一转眼就仆倒

这魂魄　纯熟的攻杀

雪原与池水　也相当的落寞

不如乐土上的硕鼠

此刻正把温言传递

吁　上帝　首领　我的大魂

花心里盛开哪个苦恼的名字

从王国的边缘到中心

又回到边缘　撞开了虚空

改头换面　像个鼠辈

别去

我的持枪的爱人

捕捉到火焰的声音

就在火焰里埋没

像在冰中抽出一根针

把自身刺穿

融于血气

或团结如吻

火之鸟

一只火　一种觅食的样子

一只火冰冻

一只火四处招摇

还有落在纸上的

又在鸟身上引起燃烧

在鸟身上悔恨

火之鸟

在做梦的时候冬眠

数着宝塔的尖

鸟数着宝塔的尖
如数手指

还有一只鸟终于如数归还
衔着偷来的花
几天后又被偷走

剩下最后的一只鸟
在旁边暗暗想着火
转身瞧见了生人
大吃一惊

就是使我燃烧，
我也决不飞翔

冒险岛

到凭空的地方吃素食
凭空打断了你的腿
留给你苹果

到冒昧的地方蹦跳　　占便宜
冒昧爱上了你的娇颜
陷你于不义

冲呀

孩子们的爱情

照耀了异地的苜蓿

他们话中的酋长

做事认真　烧光了女婿的房子

坏事一个又一个　好险！

捉到蜜蜂　再抛进坏事里跳舞

空气一出现洞

就踩着金币跳进去

剩下一只脚趾

急忙做出谦虚的样子

怒

从美人的耳坠到赤裸的果园

谁替她举起不屈的手指

赞美叛逆

又是谁暴怒

伸出游鱼的拳头

把空气撞出烟

一个人休息

一个人因迷路而急躁

另一个落进井里　成为井

仿佛赞颂不屈

激越的枝头

赤露的苹果被赤露烧烤

那么到底发生了什么

谁掰开了果树上的河蚌

反被它死死夹住

谁收缩合拢　　把谁夹住

谁放肆　　又像苹果被仔细雕琢

谁终于转身　　失去了耐心

人间兵器

有关武力的尽头

传播着永生的脸

美人摘你的心

喂养了集体的兵刃

谁口含着清水画符　　作恶

到你的脸后面润喉咙

一把刀中的另一把

眼看着你被削尖

来自百姓　又回到民间的
已沾染君王遍体的情欲

蛮族供奉的诗人
把毒药滴在美人的乳

有关饮弹的诗句
张翼返回到仇敌眼前

我们的爱情为什么被切割
为土地　为生殖　直到灭亡

人间的巨大压迫
使徒手者不堪一击

沙罗曼蛇

这畜生的尾巴多么有力
拖住好心的蛇头和蛇身
逼她瞠目沉思

沙罗曼蛇
帝国的君王正在昏睡和作爱
银河痛得直抖
你的姐妹们列队出巡
被会飞的公子吞吃　补血

左蛇　右蛇
春天人们委婉地打量
把你们从火海中捞出来
领回家玩电子游戏

看看吧
你们的爱情在心中结晶
又被痛击　发出惨叫
像鬼脸　令孩子们陶醉

沙罗曼蛇　上帝的女友
别轻易死去
前线的战斗已近尾声
不如关门　画眉
抛下血污的武器

失眠者

黑夜的尽头：绝望几乎像猛兽
黑夜的尽头：猛兽从晨光中缩回黑手

黑夜到了尽头，我猛然忆起：我还爱着
还用着另一种含义的爱来遮掩　像低头的
猛兽用困倦掩饰害羞，甚至把一束迷迭香

有意卖弄却藏于身后。趁着还清醒
我一一细数：沮丧的脉搏、蠢蠢欲动的面部
肌肉、离别的幅度以及漫不经心忽略的次数

如果我承认：只有猛兽能吓坏另一只同样的
猛兽　那意味着我无力分辨
放弃香气的花瓣与没有表情的脸孔　我无力
拒绝：笨拙无用的头脑体操、一克重的暴力、所有
形容词　任何一次我同类的引诱

啊，黑夜到了尽头，地狱奏响音乐
猛兽　猛兽　将在睡梦中低低怒吼

马大勇

1972 年生，吉林农安人。1989 年考入吉林大学中文系。2001 年自苏州大学博士毕业回母校执教至今。现为文学院中国古代文学教授、博士生导师。

致命武器

——赠红雨兄

我们梦想中的爱人
在沙漠金黄的边缘上停住
流水拂过她们红花的躯体
她们的长裙飘起，这一刻多么辽阔

兄弟，这是人类最大的幸福
"如果你活过了二十五岁，一个世纪的
四分之一"
那么　你将时刻面临着大美的
威胁

美的长裙飘起，像一朵巨大的蘑菇
兄弟，当你想到未来，在比你
长得多的时代里
所有致命的威胁都源于此

兄弟啊，在回家的路上
当美在沙漠和清水之间出现，最先
使你沉迷的是它的
外在形式，而远远不是本质

平安夜·迷香

这是圣子即将降临的江南之夜，
眼前闪过六只翅膀的香艳蝴蝶。
西方传遍了桑塔·克劳斯泉水的铃声，
大地却沉寂着，像微澜一样宁静。

我像一只黯淡的野兽被囚禁在姑苏，
心情比最深的深冬都更加荒芜。
千年的佳人骑在彩虹上向四面高飞，
她们的容颜啊，使我的一生如此憔悴。

回忆中最软弱的温柔，还有
迷幻中最无用的闲愁。
午夜中最难握住的白银，
它的光泽原来这般容易破碎，不能接近。

南风吹来的香气，像丝绸一样颤动，
冥想里的爱情做个一转身的春梦。
剑光悬在壁上，总是吟唱着孤独，
我承认，怀旧的温馨牵动了空虚的幸福。

接近三十岁的人，他的命运已经如一首笙歌，

可是香风中幽幽的喟叹，比光阴还要落寞。

如果我爱上了木船和流水，局促的黄昏，

心上就不会落满尘埃和飞鸟，枯寂的花粉。

非鱼

本名白玮。1991 考入吉林大学中文系。在担任吉林大学《北极星》诗社末代社长期间，曾发起《挽歌与神话》诗歌大联展活动，向一个诗歌年代告别。少年时代开始发表诗作，出版有《黑夜之殇》《我们也曾光芒浮现》等个人诗集。

对夏天的一次描述（组诗）

一

我想把夏天关进瓶子里
隔着玻璃让日期失效
日子是一块遗弃的瓜皮
上面爬着黑色的蚂蚁

水不按常理流动
没有谁看到它的去向
在夏天，我不想想起谁
也没有谁会想起我

这个时节有风
风吹动了窗户

二

你看
这个夏天的情绪正在枯萎
路灯使这个城市的夜色
越来越缺乏动力
种子从树上掉下来

庄稼失去泥土
蚂蚁失去家园

站在啤酒的一边
看见一只蚊子在风中起飞
我能读出他的故事
但现在已经无法复述

有人回家
有人迷路

三

这个夏天有点儿冗长
比一个渺茫的理想还长
就像两条寻找河流的鱼
在一杯啤酒的体温里游动
始终游不到梦的家乡

过去的日子都很难依靠
就像燃尽的烟灰
在黄昏的酒杯里
细数着来日的银两

一只猫似乎看到了苍老
她从我身边走过去

没留下任何声响

四

此时，你如果不了解
一杯啤酒的伤感
你就无法知道
我离这个夏天该有多远

我想用一棵芹菜的高度告诉你
在大米不能到达的世界里
距离会变得寒冷
厨房也会变得头痛

没有谁能使怀旧
变得像馒头一样饱满
当你不能安抚这夏夜的虫鸣
请学会用盐开路
用酱油和醋
料理这一年一度的人生

五

没有风
时间把日子铺上了一层
厚厚的灰

再往前走两步
就听到了风声
就触摸到了容器中的水
并看到了一棵草的生长

这个夏天
我以每天一瓶啤酒的速度
无限接近真理
然后
我在房前种下白天
在屋后种下黑夜

我躺在房屋的深处
等待着一场
从白天刮往黑夜的风

那个从风中走过的人
既不是我的家人
也不是一位故人

六

夏夜过去了一半
我无法选择一个准确的词汇
来衡量哪一半的夜
离白天更近

往后退的时候

我看到了背影

往前走的时候

尚不能触摸来生

此时，我很平静

已然想不起任何往事

七

每个晚上

我都用戒酒的方式检验

哪些幸福是先天的

哪些疼痛是后天的

没有谁能够知晓

哪一位书生

离爱情更近

哪一次幻想

可以治愈影子的感伤

这个夏天

我躲在一棵树的后面

清扫那些树叶的影子

直到太阳落山

我沿着受凉的路线

寻找一杯夏天的热水

有人告诉我了行驶的路径

但目前尚没有答案

八

我对这个夏天的描述

从未开始

我对这个夏天的描述

也远未结束……

阳台上的植物

阳台上的植物
日光熟练地走到午后
照见了阳台上的花，植物，
远处的风景，和近处的睡眠
一杯伫立的水，被倒掉半杯
带去了房间的半个体温

外面有风，很大
刮走了灰尘和一些脏的想法
留下的阳光，就像对面的植物
刚洗完澡，向你微笑

如果你阳台上养育着花，绿植
要对她好，让她学会善良
并巧妙地避开忧伤
和房间的风

阳光的密度越来越浓
来不及了，虫子们都在苏醒
今夜，我必须把她们送到春天去
而且，不让那些冬天看见

赵中屹

　　出生于吉林省大安市。1980 年考入吉林大学中文系。年轻时酷爱诗歌，先后供职于外经贸部、商务部国际司、中国国际经济技术交流中心、中国服务贸易协会等单位。现在中国驻南非使馆工作。

告别海

不是因为今夜的风

能卷起十级狂涛

而我将远行

也不是因为人群潮涌而来

海在我身后

躁动千年沉静

该远航的早已扬帆

你却站成长长的海岸

遥望一叶扁舟

蓝鲸鱼游来游去

飞翔的是海鸟是远去的精灵

只有在落日的余辉里

你才穿行于波涛之间

让欢快的潮声消遁

斑斑点点的白色风暴

你是任性且固执的孩子

海上没有路

却偏偏要远行

在这个雨季的天空里

海鸥折断了所有翅膀

天空　有鸟飞过

要是

什么都未曾发生

我不会独自一人静坐

在雨后的窗前

世界尽在你的影子里

假如此刻

我能够对你说点什么

或者为了一个

我们共同的节日

举杯

天空　有鸟飞过

要是

什么都已经发生

我也不会孤自一人

独坐在晚秋的暮色里

听岁月流淌

假如此刻

你能够对我说点什么

等待

是一种幸福　我情愿

在你缠绵的歌声中

化作一条快乐的

小鱼儿

天空　有鸟飞过

安春海

　　吉林省吉林市人，1981 年考入吉林大学中文系。发表诗歌、散文、评论多篇，主编出版《第二代世界大战回忆录》《亨·米勒全集》《红轮》《巴尔加斯·略萨全集》《余光中诗文全集》与《狗娘养的战争——巴顿将军自传》等。

中秋即景

中秋

月亮尚未出发的时候

我们已经出发

谁挑选的那块草地　还有虫啼

打开一瓶啤酒

待一阵空虚的泡沫消散

我们开始狂欢

狂饮吧

今天的月光一定和酒一样醇

也醉人

我们干杯

也为那么多的人祝福

我的对面　坐着一对幸福的恋人

他们紧偎在一起

不愿掩饰

也不介意任何颜色的目光

他们是我的朋友

兰幽幽的小城有一道门

有一道会应声开启的门

还有许多甜酒

可以分享

来　我们干杯　为自己祝福

月宫里有没有桂花酒

月宫里有什么桂花酒

月亮出来了

思故乡的时刻到了

秋夜的风依旧很凉

可他们是亲亲热热的一对

不觉得冷

我也有恋人　是月亮

月亮有好多好多恋人啊

中秋　月亮醉了

醉倒在摇摇晃晃的高脚杯里

让我们把它捧回去吧

藏起来

再认认真真地告诉每一个人

从今天起　夜空中

那幕古老的　圆镜重破的悲剧

演不成啦

曹雪

1982 年考入吉林大学中文系。现定居美国。

包围我的河流

影子是南回归线如指针
的转动燕子组成乌黑的翅膀
簇拥成一条河
河是情绪之河

我孤独的衣衫靠近树的心思
悄然走近你
就像走近一条河
河是音乐之河

你用目光如舟如桨地飘来
火红的游泳衣和多色的救生圈
纷扬着，暴晒着好奇的心
皮肤也被音符与细线抚摸
河流来流去
做温柔的诱惑
不曾泅渡到罂粟的彼岸
也不想为舟去阳光雨中漂泊
当河漫上堤岸，漫过心的角落
漫上就漫上吧

打湿我日渐淡漠的情感

留下半是欣慰半是哀伤的收获

河是月巫婆圆眼睛里流出的

神秘又快活

地织成扩大的梦之网络

河是风之河，空气之河

那么你可知道

只轻轻地一站就

包围我环绕我且伴随我

且无法言说

凌广志

1964 年生于内蒙古赤峰。1981 年考入吉林大学中文系。现任新华社海南分社社长。

草原的儿子

一

草原人值得夸耀和赢得爱情的
他都有了
英雄史诗里
又加进新的主题
他是一名大学生

告别草原　告别阿妈
三碗马奶酒，火辣辣地
燃烧在心中
一个草原人去远行

二

在城市的小巷和大楼里
有一只穿蒙古袍的手臂
潇洒地挥过
人们从那粗犷的曲线中
闻到牛奶香

他像面对摔跤手一样

站在机器和如歌的大街面前

站在书架和霓虹灯面前

站在纤弱和白脸的人们面前

这里，有关于草原的许多热情

　　有捉摸不定的笑容

他惊愕过，迷茫过

他有过山一样的沉默

他曾不眠地思索

喜欢夜光表的滴答声

也最会描写城市的夜深人静

他知道草原与城市的距离

他策马追赶着

第一个迎接校园的黎明

他是草原人

驯服过烈马和暴风雪

战胜过瘸狼和狐狸

在这里，他也像在那达慕会上

终于夺标取胜

联欢晚会上　他唱起牧马人的歌

草原的歌声啊，竟如此动听

人们震惊

三

这座文明古城
曾是他拉骆驼的爷爷
谜一样的幻想
而他，正把城市写进一个方程式
画进一张图纸
实实在在地握在手中

四

苦恼，竟有那么多
比草原的夜还深，
比牧场的风暴还猛
二胡的弦音，胜过马头琴的忧郁
他写了许多诗，喝过几次酒
有时，
真想长醉不醒
阿妈倒在碗里的奶茶突然洒出
紫色的皮袍突然被挂住
宁静的夜晚，传来了忧郁的歌声
她又想起了远方的儿子
她唱起嘎达梅林的颂歌
她把儿子的大青马赶向草原
猛地抽它一鞭
大青马奔跑着　向远方嘶鸣

从遥远的天际
有一只雄鹰飞来
盘旋在她的头顶

五

离开草原两年了
夜里　勒勒车常来接他
单调的轮音
唱一支古朴的摇篮曲

一簇簇芨芨草，站在沙包上
绿色，显示着开拓者的生命
草原的风暴如野马群
一阵阵冲撞他的心胸
缓缓起伏的山岗，拉响了马头琴
那古老的长调在伸向遥远啊，
蒙古马的长鬃如旗帜在招展着，
草原人的心，怎能平静

从敖包到学校的路，
被拖拉机的履带加宽着
路边的小红花盛开
上面洒过抗日英雄巴特尔的鲜血

骑着神话中的金马驹

向阿妈跑去

不只是给她换件新的蒙古袍

不只是换下那燃烧黑夜的油灯

六

他是草原的儿子

这里的高楼，也许会碰断他奔放的诗行

平坦而狭窄的街道

飘不起唱醉草原的歌声

阿妈一次次地念叨他的名字

纯洁的马莲花

年年都望裂了眼睛

谢绝热情的挽留

写下回草原的分配志愿

这是不可更改的

他对草原有生命的虔诚

七

有一位阿妈在远望

有一位姑娘在痴想

有一个最盛大的那达慕会

正准备举行

杜笑岩

1963 年出生于黑龙江省鸡西市。1981 年考入吉林大学经济系。入学后开始诗歌写作，作品发表在《青年诗人》等。后留学于日本筑波大学，取得经济学博士学位。现居西安。

那天黄昏之前

那天黄昏之前

是我幸运的时光

温情的眩晕之后

一种美丽的颜色

弥漫整个空间

世界宁静　一切都被遗忘

那是紫丁香颤抖的季节

海涛汹涌

你泪水如泉

打湿我的履历

眼睫静默　想要诉说什么

朦胧的视线中

静立一座暗红的棺椁

于是　黄昏之前

你也新生　我也新生

你芳醇的花香

圆润而丰满的果实

成熟坠落

于维东

1963 年生于吉林省延吉自治州。1982 年考入吉林大学法律系。1982 年起开始在报刊发表诗作，1985 至 1986 年间担任吉林大学《北极星》杂志主编。毕业后先后在航空航天工业部，美国微软公司和美国通用电气公司从事法律工作。现居北京。

布拉格

灰色的雨
不停地洗涮中世纪的大桥

红色的电车
试图呼唤早已逝去的春天
用一串串远去的铃声

古堡的灯影
摇曳着画家修长的手臂
消瘦地描画本能
用捷克绿

卡帕卡巴那海滩

非常湛蓝的大西洋
亲吻面包山
以及在阳光下沐浴葡萄牙低柔的音色的
与山一样婀娜的人体

耶稣遥望海边的桂林山色
和更远的地方
眼神抑郁地迷失在
如中国画般模糊的
风、雨和云彩

北海道竖琴

用纤柔的手指
穿过晨雾掩映的海峡
轻轻撩拨
那排婀娜的白桦
唤醒北海道湿漉漉的童话

韵律曼妙
曼妙如洞爷湖细腻的涟漪
涟漪回应着太平洋彼岸
彼岸那爿墨玉般的天池
天池梦醒
梦醒万千美人松枝

时光沉睡
山峦芬芳
北海道竖琴
流淌出儿时的课外时光

田松

1982 年考入吉林大学物理系，现为北京师范大学哲学学院教授。哲学博士、理学（科学史）博士，富布莱特学者。著有《稻香园随笔》《警惕科学》等，译有《宇宙逍遥》《在理解与信赖之间》等。

当我读你们的时候

当我读你们的时候
你们远远地在墙壁后面窥望我的表情
并根据我的表情
选择你们的表情

诗人们走出高塔
在正午的阳光下
留下一个行动着的影子
阳光真好
诗人们迅速汽化
在人群的头顶飘散
什么也看不见

在城里与城外的土地上
许多树枝在跳着一种舞蹈
舞姿很优美
步伐尤其一致
我听到尖锐的哨声在扫荡

东方是西方人的梦

我们生活在梦中

在化肥的催生下

有根的草越来越少

在我读你的时候

电话铃声响起

我无法知道你是否是

我所等待的人

只好与你对话

我与忙音对话

工匠

如今
我也成为一个工匠
打扫落满灰尘的家具
用钉子
把它们连缀起来
收藏
或者展销

有根的草
生长在阳光里
会从地下吸水
可依然会有灰尘
落在上面

现在的雨
很少有干净的
我就是那个工匠
一叶一叶地擦
用钉子
把它们连缀起来

有些叶子很脆

一擦就碎了

可也有很多

还活着

我用钉子

把它们挂起来

现在

我也成了工匠

一个字一个字地堆砌

砌成围墙

或者雕像

正常死亡

枯落的叶子
风化的石头
冬日的知了
近午的晨雾
风沙中的脚印
雷雨中的浮尘
渐远渐弱的钟声
渐久渐消的记忆
年深月长的雄心
爱到极至的情感
都是
正常死亡

但抽去柴薪的火焰
不是

邓云凌

1982 年考入吉林大学外文系日语专业。现为北京语言大学副教授、吉林大学北京校友会外文分会创始会长。1986 年在《日本文学》发表宫泽贤治译诗三首。

搁浅的乡愁

透过亦阴亦晴的小窗

仰望亦圆亦缺的月亮

墙外的树林次第削瘦

满地飞叶渐成枯黄

花影里盘旋的遗忘

薄如蜻蜓的翅膀

梦里嫦娥口角含香

梦外吴刚独饮苍凉

谁在月光里薄寐

梦里梦外是否同一缕月光

玉兔递来一块月饼

吃了吧，你会变成嫦娥的

醒来满屋竟弥漫着桂香

盒子里的月饼缺了一牙儿

伴着中秋的下弦月

搁浅的乡愁

像梦里飘零的小船

在月光下静静地流淌

马东凯

又名马洪兴，1963 年出生于吉林省辽源市。1986 年吉林大学经济系毕业后在某国家机关工作，1996 年辞职。

坚持诗歌写作，偶有诗作发表。

在昆士兰黄金海岸听潮

在海潮的夜晚
看灯光璀璨
清风吹拂地球的
南端，一缕缕萦绕着
黄金海岸

海鸟翻飞于我的身边
悠闲并没有让我忘却
做人有做人的难

所以不可过分迷恋
悠悠的白帆
所以要去跋涉，安慰
那些孤寂的山川

繁星点点如晶莹的细沙
一轮清月
照得夜色阑珊
犹如我心
独自清欢

王晓华

吉林省吉林市人。1983 年考入吉林大学哲学系。曾为吉林大学《北极星》诗社副秘书长。从事文化、戏剧、哲学研究，出版专著《个体哲学》《西方美学中的身体意象》《压抑与憧憬》等。散文见于《书屋》《钟山》等。现为深圳大学人文学院中文系教授。

自传

一

躲在舌头下面睡得太久了

被梦吵醒

睁开哈欠

走进镜子

寻找一个人

却只找到了

一张肥胖的面孔上

庄严演出的笑声

堆满烟灰的眼睛里

永远不会复燃的红纱巾

耳管蜿折

再没有起伏的少女

赤足跑过

二

抬起头来　追随天空的渴望

刚刚萌动　路碑

就指使双腿绑架我为

医院和厕所的人质

夜夜为目光看守

我无法反抗

这世代流传的苦难

只能在蚊子的叮咛中

一次又一次

把身影埋进

阳台的悬棺

三

只有不需要土壤的头发

蓬勃生长　又被

规格切割　只剩下

被赦免的指甲

在鼾声的掩护下

逃出准则

刻痛甲骨

这一切都仅仅在想象中发生

用枪顶住那个穿花格衬衫的瘦子
不说一句话就扣动扳机
在他倒地的瞬间赠他一个飞吻
然后哼着小曲驶向红灯区
那里夜正旋转成一只雌性花豹
半小时迪斯科和几杯白兰地
使我的下半身激情洋溢
于是搂住艳女玛丽
完事后反复吻她完美绝伦的皮肤
想我只要一动手指
她就会变成一堆死物
这个美妙的念头使我放声狂笑
笑声里玛丽娇柔地为我点燃香烟
我快乐的面孔在烟雾里时隐时现

杜晓明

    1965 年 1 月出生于吉林省白城市。1983 年考入吉林大学经济管理学院国民经济管理系。任《现代快报》社社长。现为中国作家协会会员，中华诗词学会会员。已出版古体诗词选集《昔我往矣》《杨柳依依》。有作品见于《光明日报》《中华诗词》《扬子江诗刊》等。

春夜

浅浪弥弥，月野如霜，
微风来去几许清凉。
漫步在初春之夜，
踏着溪月芳草的清香。
东坡也不愿乘风归去，
何况河汉迢迢漫长。
餐风饮露，驾驭飞龙，
神仙的境界竟有几人参详。
或如鲲鹏水击三千，
扶摇直上者九万里，
却要待六月的飓风飞扬。
绿杨桥畔，黛瓦粉墙。
鸡鸣犬吠才是人间的模样。
最倾慕陶潜采菊东篱，
手把满捧的菊花悠然远望。
正逢有白衣使者送酒，
即便酣饮，醉眼迷离，
自谓胜过天上的羲皇。
月色撩人，春霄微茫。
徘徊这一地的溪月，
如同踏过人世的沧桑。

王欢院

1983 年考入吉林大学中文系汉语言文学专业学习。毕业后供职于《陕西日报》社。现为《陕西日报》副总编。

城市的夜晚

夜的潮汐

淹没了城市

在光明与黑暗中两栖的人们

开始在海水中游荡

寻找最为惬意的姿势

欢笑的声音，哭泣的声音

合唱成一种魅惑的旋律

在海水中独自漫游的人

不是因为爱得太重

就是因为恨得太深

月亮驾着云帆

在光滑如镜的水面上航行

以水草为网

打捞起坠落的星星

和虔诚祈祷的人

孙元科

辽宁营口人。1984 年考入吉林大学中文系新闻专业。现居成都。

再说说 L 的故事

难得你又写信给我

字迹很轻松

说起来你也这样

昨天的事情

前天你就预料到了

今天你忘了

忘得我记不起来

当时的脸色

总之你是轻松的

在这乡下的日子

我很少出门

过得惨淡

天天想喝点酒

想去看看你

谁知你搬家了

总之你是轻松的

现在我做点什么

给你回信吗

谁知道我的笔

会不会折断

总之你是轻松的

现在我做点什么

给你回信吗

谁知道我的笔

会不会折断

总之你是轻松的

总之我写这首诗的时候

母亲在包粽子

那么有个节日叫端午

李怀今

辽宁沈阳人。1985 年考入吉林大学中文系汉语言文学专业。毕业后进入《辽宁日报》工作，任记者编辑。2015 年进入香港润妃国际集团。曾 20 余次获得国家省市新闻奖。

太阳泪

常常用不变的沉默　诉说一个

荒凉港湾的故事　终于

有一天　你忧伤的眼睛固执地

走向了我　而且说你不想再次

回过头去

也许你我都不会知道

一条弯弯曲曲的小河竟流淌着一串串

少年的梦幻　如果有人注视过

天空上抹了一层脂粉的云

怎能想到一个老人对太阳的焦渴

生来就是一座沉默的大山

我还能再说什么　就任你

扑向我燃烧的胸膛　倾泻

你喋喋不休的哀伤　真的

无法明白　一个初临世界的婴儿

没命地哭泣　竟是为了你我

这不能解释的痛苦

我无法再抬起头

因为美丽的夏天也许会有一个是青年

痉挛着死去　可死去了

就会有一种新的诞生　十九岁

并不会激动每一个痛苦的灵魂

一个优秀的男孩终究会想到

航海　星星是他最好的证人

也许　你会在岸上静静地伫立

作为一个不会消逝的灯塔

出现　你

就可以看到　每一个哭哑了嗓子的

早晨　东方地平线上

一轮含泪的太阳

怎样升起

郭 娟

　　1966 年出生。1984 年考入吉林大学中文系。1988 年保送读研究生，师从刘中树先生。1991 年毕业后，就职人民文学出版社，现任《新文学史料》主编。著有散文随笔集《写在水上》《纸上民国》等。

自画像

曾是浅河边一株细树
因为水的温情
没有沉淀的泥沙
也不曾把激浪般的年轮印下

当众多扭曲的树
以伤疤标出了徽号
我的影子就湮没在
没有蛙鸣的河里了

像渴望太阳一样渴望飓风
倘不能以树冠顶破青天
就先将根须深入地下吧

由于你们独特
我才有了自己
但这样　我不愿意
相信在一个起风的日子里
我的木质桌上
将涌起曲曲折折的潮汐

狂欢宴作歌

也许是——

从东西方所有的神话中飞来

这么多绚丽的萤火虫

跌落在大路边

于是　夜风褶皱了一条波斯地毯

当几只高脚杯

滔滔不尽地斟满——

多瑙河蓝色的心愿

嚎叫的世界

就在葡萄酒里消融

只剩下我们年轻的脸

——绯红

欢乐的眼睛

能点燃满天的星星

而思绪却在闹声中纷纷扬扬

幻化成飘过午夜的

那一排绵密的哨声

我们走在落雨的立体交叉路上
不知道
是油纸伞撑着我们
还是我们撑着油纸伞

一片紫罗兰似的天空
在我们头上飞旋

哦　酒
就算一杯驱逐了没名姓的烦恼
一杯赶走了无滋味的闲愁
可是要忘记尚未奠基的丰碑
半瓶葡萄酒远远不够

许燕姬

吉林省吉林市人。1984 年考入吉林大学中文系。大学时在长春《诗人》诗刊发表作品。现在广东珠海从事幼教及少儿培训行业，创办并担任吉林大学珠海校友会《木棉》诗社社长。

秋色

秋色很短
短得来不及迎接清晨
就已经手握黄昏

秋天的俄罗斯
不似绿树红花的南国
层层浸染的红叶黄花
打点秋色满园
色彩斑斓的洋葱头
蓝天下闪着金光
莫斯科郊外的晚上
意犹未尽

野鸭　映衬着湖水
鸽子在肃穆的教堂前
广场　钟楼　庄园
处处散发着贵族的气息
浮雕　壁画　图兰朵
仿佛置身华丽的宫殿
水晶灯下

一颗高贵的心
还有玻璃破碎的声音

坐在地铁上
与莫斯科的秋日拥抱
浪漫　怀旧
踩着金黄的落叶
听着秋雨沙沙
走在苹果树下
是秋日的私语
是秋天的童话
抑或留下的是
寻找秋天的印记

自由

三月的桃花还未被雨水吹落
四月的油菜花就争相绽放
陶醉在色彩浓重的茶田里
还有孤傲的玉兰花亭亭玉立
在瀑布飞泄的岸边

我无法拒绝花海
像火红的木棉
在我内心轰轰烈烈地盛开
这一刻，我迷失了自己
任由春天的露水
打湿我凝重的油纸伞

梨花在落
平日淑女的矜持也无穷的飘落
我智慧的羽毛被阳光梳理着
又被风之手轻轻地拨走
而春天的花手帕已展开
在阳光的照射下写下
自由

李海滨

1988 年考入吉林大学中文系汉语言文学专业。曾于黑龙江省哈尔滨市任职十年新闻记者、编辑。现供职于东北师范大学出版社。

在中央大街

有一种远方

叫石板路和窄巷

弱小得渐渐成为了一种力量

在冷的水边

在热的山梁

稍一暗示就说到了

石板路和窄巷

而在中央大街

每一块磨损后发亮的石头上

很久以来就只有声音

没有想象

诗意的雨并不流淌

直接被咽进大地的胃肠

羽化的雪

一块块分割成模糊的窗

仰望百年的尖顶上

谁在停歇

谁在飞翔

每一排好奇的睫毛

都挂着冰霜

在中央大街
不在远方
在中央大街
必须深埋沧桑
必须冰冷而坦荡
就算梦想也不去远方

在中央大街
石头从不远离故乡

在千差万别的岁月川流的街头
在千差万别的岁月发源的地方
这个世纪的风安静妖娆地滑过
一只细嘴壶慢述着流畅
多少日子过去
只有答案，没有猜想

如果关上一扇门
善良独自行走或静静守候
听不到喧嚣
就看不见忧伤

离别与回忆

我们经常忙于寻找和清点

清点石板上闪闪反光的伤疤

而失落的种子将不再发芽

它们静静风化并歌唱

一会儿就跟随繁星的身影

奔向夜的一边

伤疤的坚强和寒意

守口如瓶

漠视抚慰

固执在一个位置

为每一种离开

朗诵着不朽的诗篇

如果长河与大街

可以铺满迎春的繁花

我就让思念与思念相约

等待与等待邂逅

离别与离别并肩

回忆与回忆携手

不管阳光与阴凉

在那里如何缠绵

我都一样感动

泪洒枝头

然后把羽毛送给大地

用温暖亲吻寒流

就这样彼此拥有

从一间屋子打开通往世界的每一扇门

执着于体会一杯酒的深情

过于复杂而不明因果

如果简洁如一张客票的奔波

就当听见巴山夜雨

从黄昏诉说到黎明的衷肠

如果疯狂如椰子树那样醒来

一定会用一场风暴

来平息波澜

终于可以向着阳光的方向出发

跨过大地的绳索

抵达无垠的岛国

就在那里享受整个季节的奢华日落

当天色渐晚

梦想告别

云收雾敛

灯火如愿润泽而渔

没有放走任何一滴黑暗

不能书写隔夜的史册

无法记录香艳的过错

如果迷失

就可以这样了无痕迹

如果喷礴

也可以这样不着笔墨

轻舟万里

江河肃立

期待的热切终于成为守候的嘱托

从这间屋子望见的千百种离去

不是离去

是我和你之间不能相聚的崎岖和辽阔

锋刃

魅影相随

在刃的两面独行

云淡风清

一支羽毛轻轻吹断

金缕蝉衣轻轻吹断

苍茫渐渐明朗

涟漪静静聚拢

淡月无声

瞬间打湿魅影和翅膀

佟大山

辽宁本溪人。1989 年考入吉林大学中文系，现任职于国家机关。工作之余偶以诗歌操练愉悦身心。

耳语城

谁这时没有房屋，就不必建筑
谁这时孤独，就永远孤独
————里尔克《秋日》

听见这对话时高时低
风穿过房间
黑色的耳语穿过胸腔
什么悄然步入我的痛楚

巨大的落日一路留下遗言
我暗暗窥见这流血天体哑然毁灭的原因
当夜静更深　广场在四周飞旋
四年倒悬在清冷的月光里
少女啊　你只一个转身
就越陌度阡直至我机关重重的城门
隐居在长巷深处　我本来拒绝一切邀请
做一种低矮的灌木
在日光明媚的地方决定自己的命运
枝叶自然朴素　由青而黄由黄返青
安详地等待镰刀

等待一季生存之后纷纷倒伏的劫数

城池横亘　穿越是多么艰难

尤其是在这午夜时分

灵魂局促灯下

四壁合围

透骨的寂寞在一米外的黑暗里缓缓翻滚

几乎听得见叹息

只有你的搜寻与外面有关

铁屑般细碎而下的正午阳光铺在草地上

耳语城的少女啊

你淡蓝色的身影即将跳跃在所有眸子里

预言在早晨野草般疯长

这一次不会和过去一样

最紧密地贴近我

你的唇就在我耳垂的上方

告诉我歌谣原初的曲调

什么利刃割断了对诞生之日的怀念

云游路上采集了怎样的种子

是否就是这双手将我温情抚摸

提示我除非是稻麦的气味

不会使我们身心纯净

暮色苍茫　麦垛高垒

金碧辉煌　庄严雍容

包围城市的乡村一次次夜袭得手

每一个梦境里都有耳语低吟浅唱

耳语的少女

你施法的时候天地辽远万籁俱静

你低声说这墙是为了穿越的

这城是为了抛弃的

这首诗是出走时当作传单散发的

我注定要跟随你去远方

最后一次看见自由自在的白马穿城而过

后面涛声起伏

深秋的作物虔敬地列阵俯首

门开门闭

完成一次出走

明德路 3 号事件

这是古典筒子楼的严谨漫长的筒子
脚步深浅　穿过左右相对的巢穴
知道发现尽头仅有的窗和阳光

这是一个古典主义余温尚存的年代
被揉成一团的诗句和断续口琴声
提醒午后的青年可以将梦境延续进夜晚

白桦在明德路外聚集成林
每一棵都怒目圆睁
俯视着明德路上群蚁出没
风声呜咽
变乱后的街巷秩序井然
晨昏往返之间各种琐碎情节按剧本演出
面目相似的蚂蚁

偶尔也会为争角色和灯光走位而闹别扭
不过都是些孩子气的恩怨
也别说死水微澜
明德路上　除了初恋

别的都当不得真

远方湖面上阳光静谧

沉入水底的不健康的情绪已被水草锁死

没有人报案　也不会水落石出

而我　趁光阴不备

在这平静街道的拐角刻下最隐秘的记号

为了将来出游归来时认路　并说

感谢这里的寂寞

我已经安之若素

与赫尔曼·黑塞执手交谈

这种风雪之夜　你的困倦

在壁炉前的摇椅上似睡非睡

黑色居所独处荒原

手栽的枞树上残叶悠荡

寂静沉重得如同水草

紧紧箍住你的呼吸

你想此刻还能有谁在怀念你呢

惊恐地奔逃于铁血洪流的人们

夜夜蜷伏在灯光温暖的窗口凝视你

布施孤独的兄长　我们读你的经

听你宽袍大袖地宣讲你的宗教

寂寞的宗教

那寂寞的悲悯里盛开着爱情

导引四季风向　花落花开

我等你已经忘了是第几个黄昏

古道西风的场景逗引你的东方情怀

趁小酒馆里歌舞正酣

而你的热泪还未夺眶

是我握住你的手离开此境　还是

你为我铺展开莽莽荒原

最后的狼迹到底能惊醒什么

这弃掷于地的衣冠能感动什么

风雪骤临

兄长　你微弱短促的叹息

惊得鸟兽四散

杨富波

1980 年出生，浙江天台人。2000 年考入吉林大学文学院新闻系，现为吉林大学文学院讲师。业余写作诗歌，曾获首届北大高校未名诗歌奖。

黄昏日记（关于穆旦）

星期三　晴　没有特别的感动
他不知道什么叫温暖
扑灭了火也烫伤了手

蓝天的漫游者　海的恋人
我们已经不能再拥有　你站在中心
船航行在海鸥的左翼　右翼空白

希望就写在未成形的纸上
写过的手已经腐烂
蚯蚓在全世界寻找新的食物　饥饿困扰着它们

今天是谁握住了笔　再一次寻找丁香的芬芳
和萝卜一样忧郁的植物　穆旦说：
"我们活着是死，死着是活。"

集安

箭矢已锈，宫墙已圮，陵墓已毁，歌伎已死。
在老死的二十世国王安葬之所前，
都城消失了千年又复建如新，仿佛
一千年足够所有的魂魄化为乌有。

今天的云化作今夏的雨，
雨水入溪，溪水入江，江水入海。
一个又一个世纪不曾改变，
同族已划江为异邦，同宗已划线为仇敌。

群山环绕，百木葱茏，
让人不能想象冬日落叶枯枝的残忍。
山石像一群盲瞽的老人不再露面。
我无从打听千年前是否也有霸王别姬的悲情。

这是中朝边境上一带狭长的小城，
七八万人在这块洼地上宁静而知足地生活。

我没有秘密……

我没有秘密也不曾在何处埋过宝藏

我不像云那样变幻不定

也不像水那样来去无踪

随着年岁的增长

我不再羡慕那些走过万水千山的远游人

我常在同一条路上出没

看看同一棵树和同一幢楼

也常在同一块石头上坐一会

保持同一个姿势

念着同一个人

读茨威格之《荷尔德林传》

午后，我颓丧地坐着，心魂
远游尼尔廷根。
那为神爱过的诗人，
已枯萎两百年。

他自我流放于神的国度，
毕生与天光云影为伍。
赤身在世上行走，
终老于图宾根木匠的阁楼。

而今他的诗句远播，
远超生前预期。
但他的气息渺不可闻，
任何语言都网不住精神的风。

薄暮

日向着夜过渡，

没有期待中的光明与黑暗的搏杀，

在那种激烈的搏杀中，

鲜血流遍天空和大地，

化作绚烂而壮烈的晚霞，

仿佛万能的手在宇宙间创作了一幅巨画，

那种气势，让你觉得：

人间是可爱的，死亡是可敬的。

而此刻，满天是黑沉的压抑的阴云，

云层背后，最后那一片阳光喘着气：

如此艰难，如此曲折，如此疲弱。

听，那喘息越来越虚弱，虚弱，更虚弱，

终于，在某个你察觉不到的时刻，它停止了。

这停止何其平淡，何其庸常，它甚至

令人烦闷，不快，厌恶又难以摆脱。然而

这是人间，也是死亡。

李荣茂

　　四川省通江县人。毕业于大连陆军学院。吉林省作家协会会员、中国诗歌学会会员，鲁迅文学院第 32 届高研班学员。先后在《人民文学》《光明日报》《星星诗刊》等刊物发表诗歌作品。现供职于吉林大学党委宣传部。

石匠

石匠不说话，石头也不说话
石匠锤打石头的时候，石头不会乱响

石匠一生都在，不停地从石头里取
取出石磨，石缸
取出男人，女人
取出罗汉，观音

最后，他从石头里
取出一副石棺

乡村

带鱼鳞纹的白铁皮屋顶上
一只披着金色披风的猫
正穿梭在秋雨中
在熄灭的花朵深处的灰烬里
我辨认这村庄的表情
雄鸡吞下绿色的虫子
树林淹没骏马和蹄声
蚂蚁举起冰冷的石磨
用触须卷起粮食
我不认识这里的任何一个人
我也不认识自己

蘑菇

我所认识的蘑菇，都是生在乡下的
那些从城里来的人
嬉笑着拧下它们的头颅
没有想象中咔嚓的那一声
面对陌生的面孔，蘑菇们是沉默的
举起臂膀，举起头顶的露珠
只会若无其事地疼
每当我看见它们，躲在角落里
那么安静，就像不谙世事的孩子

石华

1996 年考入吉林大学外国语学院。毕业后从事英美诗歌研究，著有《托马斯·哈代诗歌选译》。2015 年开始写诗，诗歌和评论散见报刊杂志。

希尼的风景

一

方格窗分割瘦削的心
连接希尼的频道，调试，忙音

空气静流如水，冲荡着花瓣
橙黄色，承着十度清冽的雨
牢牢地贴住灰暗和孤寂
给粗糙的家织布，绣上难得的亮泽

在所有黄色系的事物里
它挺着胸膛，说遗世独立的话
它也挥霍，微观世界里罕见的力气

二

第一扇窗豁然大开
古希腊罗马的词语，滚滚流淌
携着古怪的，难以命名的微生物
携着创造的荣耀，无形的疲惫
顺着时间的管道洄游

色彩不能流动，气质不能爱恨两收
意义的耳朵凝神，捕捉共震
铁锤砸得火花四溅，任何东西
一旦破裂，就不能复原
除了真

他的真，让其他词语显得莫名其妙
他的沉默也是刚出炉的利剑
打着呼哨，顺着头顶脊背一扫
繁琐没留下半点儿皮毛——
把生活扔进炉膛，重新煅烧

三

塑造经典，经验和皱纹是避风港
炮台，塔楼之类的历史风景
都只对风景中的人开放
其他，都委身给了讹传和放任

一切都打开，一切都狠狠揭露
海鸥低头略过，啼叫十分哀愁
肥妇裹紧了呢子大衣，嘬一口烟蒂
帽子的绒毛随着手势夸张地抖动

卡在两个时辰之间，是非之间
咖啡杯口缓慢流下黑褐色的决定

或大概什么都不能决定
在聒噪的高音和吉他重重的扫射中
胖胖的下巴笑出了三重褶皱

四

一切都该被揭露
黑色政治，老大哥，铁窗背后的魑魅
同性恋，神秘的酒巷
站在中间，把两面的精彩兼顾
有，全部有，无，全部无

老铁匠直起身，汗滴闪烁古色青铜
双眼乜斜，瞟一瞟赤红的利刃
一把插进水流，未知的，混浊的
烟腾雾窜，悲痛扭曲了族群的面孔

他念念有词，再把铁器狂舞
戳破全部擅自膨胀的细节
甚至划破了枝蔓碎叶，可偶尔
他也会像孩子一样踌躇

站立在逝去的和进行着的
已说出的和未言明的
事物之间

马骥文

　　本名马海波，1990 年 5 月出生于宁夏同心县。2013 年起就读于吉林大学文学院中文系中国现当代文学专业。诗作见于《诗刊》《诗歌月刊》等刊，曾获"光华诗歌奖""野草文学奖"等奖项。参加《诗刊》社第 33 届"青春诗会"。出版有诗集《唯一与感知者》。现于清华大学中文系攻读博士学位。

喊叫水诗篇

"幸存下来的似乎是水和我。"——布罗茨基

一

此地，盛产坚硬的石头和肉体
一些人驱赶火焰般的羊群度过一生
他们长着黄色的牙齿、眼睛和手掌
在七月，金顶的清真寺发出悠扬的唤礼
男人纷纷变得洁白，他们
从黑皮肤的女人手上接过粥与祈祷
穿过野草，山谷，乌石堆砌的坟墓
去创造，去爱

二

少年在泥屋后种下爱情与死亡
他背起祖父的镰刀与红日，骑着马
去东方寻找词语和鲜花
在黎明之光的大地上，他不歌唱也不哭泣
五月之雾渐渐弥散，他看见在山坡上
一群人面朝神灵的故乡站立
为了换取洁净

他们背过身，吞咽着土

三

如今，已是北风呼啸的十月
我在松花江岸独自喝着黑罂粟茶
一种甜腻的暴力，在你的翅膀上
落满淫邪的灰点
你的降临始自一束被眷顾的光
当爱在大地上，如麋鹿之迹一样隐没
你该举起一只挥舞的手
朝着那天堂之河的对岸不停地呼唤

河滩

我已习惯了一个人出门
空寂的滨河公路上，晚风渐息
无数雷声都在诱引着我
多少次远行，我还是钟爱这片河滩上的黄昏
远处的对岸是几座灰白的泥屋
白杨林则在更远的山脚
我已经忘了我来这里的本意
那也许是因为我在晚餐后与哥哥争吵
或者是我没有找见那枚心爱的海螺
丰饶的芨芨草忘情地摇曳，似乎
我该走入它们中间，成为它们的一部分
一辆旧卡车疾驰而过，随之带来了雨声
无数肥硕与温暖的雨滴，击醒着我
它们使八月的河滩升起腥热的雾霭
此时，我的体内只剩下我
在这片松软的沙土上，我仿佛才破土新生
雨水顺着发梢和手臂又流入了河中
此刻，我觉得自己是真切的
这里再没有多余的爱的侵扰，我与那些
树丛、山地和人共同成为这雨的根须

但愿我不会再想起你，那会是另一种劳累

雨在最绝望时停歇了，遗留种种暧昧的水洼

乌云已退向了山地的另一侧

在傍晚的昏沉中，我感到完美

一些脆嫩的灯火在夜幕里悄悄长出

我想我并没有捡回那些已丢失的事物

那就让它们沿着河水流走，而我

只能用我涉过一个个冷冽的镜面的脚步

来涉过我这同样冷冽的此生

北京城

—— 给十木

我们对光荣的逝者爱得还不够

二十一岁，你的手上是忠实的月光

你用它向诸神求来语言的晚宴

陋室内，你的目光积聚如云

将不存在的你我变为一场狂雨

倾泻在时间的尽头，供他们

呼唤我们前去对岸接受迷人的亲吻

如期而至的只有雪

尘埃中的人群折断如溃决的大海

你仍然在等待爱情的途中举着灯

那光亮引来口渴的影子

在你的身后慢慢形成新的寒冷

这是否是一次伟大的远航？

路上，人群向更深的渊谷涌去

白昼渐渐熄灭，不存在晚钟的回响

喉音在卢卡奇的口中

转变为一场完美的不退去的海啸

你从更新的一场梦中醒来

手中残留未消失的伤口
而我急需平静，在更深邃的冬天
弥补我与我之间巨大的裂缝

等待

手掌中辩争的烈火，此刻
成为众人语言中所有同情的部分
一次引入，幽光般成立
在两个肉体革命般重叠的身影内
哦，喜鹊，哦，迷人的忍耐——

宇宙的尺度就是你的尺度
雨是另一种饥饿的利器，在白昼
奥妙的景致否定般栖息在人的额头
你所渴望的，正如灰鹤一样毁灭
哦，弥散之镜，哦，金色的扑灭——

是谁将你的一半与另一半分开？
四月的原野，长满伪证之花
可我在你的脸上看到古老的风暴
在跳跃，是少女？是灯？
哦，可能之爱，哦，你取下——

何雪峰

2011 年考入吉林大学文学院匡亚明班，现硕士在读于吉林大学文学院中国现当代文学专业。曾于《诗歌月刊》《中国诗歌》发表作品。

悲伤一种

你在熟悉的角落走来走去
在痛苦中学习自言自语
无以描述
这种延迟的苦难
尤其在此时作用于我的思绪

所以我步步后退
直至遭遇恒河的象群
我们总是错失良机

无法清晰的请求
我们之间曾有重量的概念
却不存具象的指责
这是苦难的开始
可悲的是永远无法走出

滚动的圆环终会停止
已经停止

并持续停止

你的位置会永远锚定
我悲伤的起始

火的定义式

三月预定了五月的成熟

海接纳了所有被吞没的事物

天空中的鹰隼是拐杖里的一根钉子

它穿过铁皮火车到来

叶子，一种无法描述的完美

是时间造就的不确定

你无法获知来自秋天的消息

正如你不能拥抱海

面对猎物，鹰的目光温柔

海包裹你

你无法区分麦子与秕谷

只有在火里——

拐杖得以与天空和大地同时接吻

钉子无法被定义

被穿过的铁皮火车悬置

火在半空

十月

十月，右肩高过思考
时间死在路上，树叶
燃烧了翅膀，像
无助压垮的脊梁

那些碌碌的夜
索性草木聚成林子
野猫坐穿牢房
笔下的墨一点一点结霜

有一次，我摘下耳机
脚是暖的，路还很长
红彤彤的街道踉跄着脚
整个人间与我轰然相撞

月光

正如每个夜晚
光从帘雾下浅浅渗出
气温光滑如月

我看到一尾金鱼从你的右眼跃出
影子流动
你的肩头起起伏伏——

呼吸仿若海浪
鳞片闪着危险的光
光游成了夜

夜晚，陡然破碎
在你阖眼的刹那
地球轻巧地翻了个身

董志晨

　　1996 年生于辽宁大连，现就读于吉林大学文学院汉语言文学专业。曾于《诗歌月刊》《文艺报》等发表作品及评论。

和土地的距离

腹中孕育土地五千年的火种
于是每次如厕都被看作大汗淋漓的耕作
腹水把我拖拽在离土地很远的地方

远远称不上畅快的行走的方式
也不止于那些被镌刻在墙上的名字和颂词
土地，被松质的养料和手工织品牵连成一双蹒跚的脚
从风霜更为嫣红的双颊走来
走过板结的长发和被悬崖削去一块的额头
你不曾解密，雪山和归处是无数次彼此交加着的命运
直到磕过的长头把土地和你的眼眉变成同一件事情

在腹痛的间歇等待启示的降临：
我和土地之间只有一扇门的距离
直到你拾起一片落叶中断它腐朽的一生

当你在一首诗里变得孤独

后来你的脸穿透白墙

混凝土轧实雀斑

再后来的事只有夜晚知道

你见过了几只麻雀轰然倒塌的重力

开始对地球的牵引着迷

穿过城市所有半圆形的广场

不完美的一半，你用来搭建通往天堂的楼梯

可弧度永远没法在你手里变得圆满

你是魔术师，活在嫉妒的角度

于是任由几根切线穿透了你的心

找到一种永恒的方法保持匀速偏离

模具中不断被时间穿刺的背影

你选择血淋淋的方式铭记定理

直到遇见一个中心

"我和封闭只有半径的距离"

当我再次遇见你的时候

你开始跟我寻找祛斑的产品，并筹划下一次东渡

你说，你得了癌症后坐船回到了起点

一首诗成全了你半辈子的孤独

对谈

北京的天气当然不允许在八月修习巫术

或许，京承高速已经用一场事故阻断了你的去路

忘记村落里神仙们为了几个上贡的馒头互相举报的事

在电子时代，你只需要充话费，上三根香

低气压的雨夜给你的失眠增添了一些富有诗意的理由

窒息感和高潮，闪电的引线早已落在你的身上

每一个点燃夜空的刹那

你开始走出房门，把双脚扎进下水道

在我的怀里，你停止吟诵可怕的句子

你绝不是失意者

甜蜜的负担在你颤抖的口中酝酿现代汉语的重量

直到再次于你眼中窥见词语增值时的钝痛

当然，更多的时候这是一种表演

和我们点燃香烟时常见的伪装一样

在隔三差五的诗歌奖提名里

打捞着你秃尾鹰般不幸的阴冷

正如创作也是往往被耽搁在每次返乡途中的自我亵渎

就好像我们说起离别，说起下一次祝福

必须要紧靠在庄严的左右

于是我看着从你颈部盛开的玫瑰

衡量你供认自己犯罪过程最真实的指标

是赋予漂泊一个真实的开始

韩莹

1998 年生于辽宁沈阳。现就读于吉林大学新闻与传播学院新闻学专业。

洗澡

有很多话

说了就淋湿自身

灌顶之后，室温大腹便便起来，把

触觉压入呼吸的断层——在一念恒河沙数里摸索一种

近乎垂直的叙述。一场关于金刚杵的性事不知道该不该

在众裸女面前摇动法螺。她们脑子里

鸟是在霉斑上飞的而灌满风的暴力却在句读中，犹豫不决

　　握紧下身

"臀无肤"＊里每盏灯发出瞪视，切走一些语言

（和围栏，但羊群在黎明又悄悄回来并且缝补自身）

我蹲下身把它们放在膝盖和乳房间

压扁。闻言全信的结果

"总有一种临盆让你过敏。"

我数着铜板和经幡，不发一言。

成为唯一不会缺水的方式

鱼肚白从明天早上赶过来施行一次降头

＊　夬卦九四"臀无肤，其行次且；牵羊悔亡，闻言不信。"

囿于有水

鼓着眼。过多的停泊使其如怀疑论者
红肿不堪，取景器深处的子宫不断吞吐
流产如风靠岸的瞬间。"仁者心动呵"

然而幡并没有止。句读从咒语内部破壳，泻出
我的魂魄如鱼群，邦联式的际遇、喂养和
反哺。像信仰落在地上，根生深深的

喘息。在伏藏的光影和釉彩里，殉者如针脚
细密而清晰的裂隙，虚空之海以公式的精准平摊生死的界痕。
"附神之时我们愧对双眼"

在水中我成为彻头彻尾的巫者，砍伐言语
却无人降罪。我把血液还给偶体，把饥饿
还给选民，把永恒和晦涩覆上老虎的金黄

同蜂群飞舞暖日之上。而这夜半粗质的寒冷
仍如一杯醑酒稀释着，未知的艰辛及
唇齿间作为过敏源头的其他水渍。囿于有水

遇见

齐腰深的炉火以一种渐悟的方式抵达喻体，
我在六十七个神偶上走动，穿着睡衣，露出肚脐
"大地上的日子猛烈而倾斜"。在你之前我不事占卜
从红色回归红色。与示像毗邻的人，能看清
补语以一种衰老可见的速度退却。戴九履一之后，
年轻的玛鲁和死去的先知

与预言成同样尖锐的角度。在你之前，
堕落的乳汁不会用经血的方式
冷静地驳回古河道和传说。像，一些有骨头的誓言
业火使他们的无边和没落，如处女之身一样薄而

透明。遇见你的时候，在无数泛黄的星辰中间，
我摊开沉默向你展示直觉和语言，
展示那些遗失的吠陀和漂浮在奥义之上的骨架；
而你，点着一支烟，自由地出入猩红或苍白的痛楚
濡湿那些剽窃的火光和未来
"我们的绝望似乎从未波及自身"

而总有一种相似的陌路向过去展开

在你之后，卜辞和胴体映在脸上

都是为了掩盖眉骨下方那些溺水的死去的声音

后记

如果诗歌对于我和我的同龄人而言，曾经是圣殿般的存在，那么当年的诗人就是圣徒般圣洁。借用时下的流行语，他们是属于"自带光环"的人。无论是在有轨电车的车厢里，还是在四分局邮局排队的人群中，总有一位戴着细框眼镜的秀发女子认真捧读着油印的《北极星》诗集。

那就是当年的长春，那就是彼时的吉林大学。

无论是英勇就义的十二月党人还是饱经磨难的列宁，昔日的革命者身边从来不缺少美女，那是源于自古佳人就有的英雄情结。而在上个世纪 80 年代，一个男人若能写几首诗歌，定有无数娇娥为之倾倒。那是一个美好的年代，少女们的眼神通常都是清澈透明的，她们的激情只为诗人。

正是在上世纪 80 年代，有那么一群人仅靠诗歌就能换来爱情，仅用文字就能享用美酒。我们有幸，曾经亲历了那个时代。与唐宋诗词鼎盛的中古不同，"黄金十年"的诗歌不以"大漠孤烟直""凄凄惨惨戚戚""始觉空门气味长"为内容特色，而更多的是对文化的反思和民族命运的思考。诗歌也因此承载了太多本不应该由其承载的责任，俨然成了另一场"五四"新文化运动。也许，后人之所以会把那十年视作中国文学史的一个里程碑，予以铭记，是因为那种盛景再过百年恐怕也不会重演了。

40 年转眼而逝，始于"文革"后，高考恢复之初的诗歌复兴昙花一现而今盛况不再，但当年的诗人至今仍畅扬着他们的诗意。无论盛唐还是清末民初，诗和诗人都是偏小众的。从那十年走来的诗人也不屑于被大众认识和接受，甚至也不期待自己的作品如"面朝大海，春暖花开"般被广为流传——倘若果真那样，就难免落俗了。

不得不说，他们是真正脱离了低级趣味而自在于世的人。非道，不妄说教；非僧，不受约束；无名，不图身外；无欲，不求沾名。

我庆幸当年有缘生活在他们之中。虽然没有执笔写诗，但他们的存在是我诗意生活的参照。数年前和苏历铭谈及要为吉林大学这群诗人出一本诗集的想法，我确信作为吉林大学承上启下的苏历铭是最合适的不二人选。而促成这件事，更是我内心强烈的意愿。现在，诗集已经编选完成，我忽然想说，我们只是把一代人的诗歌情结解开了。用历铭的话说，从此，他、我，与长春的诗歌记忆恩断义绝。

是的，他们中间的一些诗人早已属于全中国，甚至全世界。但是，里程碑依然是里程碑，即便最后只剩下这本书了。

涂念东

2018 年 1 月 30 日